BIBLIOTHÈQUE CONTEMPORAINE

MARIO UCHARD

L'ÉTOILE

DE

JEAN

3544

PARIS
CALMANN LÉVY, ÉDITEUR
ANCIENNE MAISON MICHEL LÉVY FRÈRES
RUE AUBER, 3, ET BOULEVARD DES ITALIENS, 15
A LA LIBRAIRIE NOUVELLE

1878

L'ÉTOILE DE JEAN

CALMANN LÉVY, ÉDITEUR

OUVRAGES

DE

MARIO UCHARD

Format grand in-18

IMPRIMERIE CENTRALE DES CHEMINS DE FER. — A. CHAIX ET Cie,
RUE BERGÈRE, 20, A PARIS. — 14884-8.

L'ÉTOILE

DE

JEAN

PAR

MARIO UCHARD

PARIS

CALMANN LÉVY, ÉDITEUR

ANCIENNE MAISON MICHEL LÉVY FRÈRES

RUE AUBER, 3, ET BOULEVARD DES ITALIENS, 15

A LA LIBRAIRIE NOUVELLE

1879

L'ÉTOILE DE JEAN

i

On naît heureux, comme on naît brave ou
poltron, effronté ou timide, tortu ou bien fait.
C'est une question d'organisme et de tempérament, et chacun de nous a son étoile. — Ainsi
pensait Jean d'Erneau, qui n'était pas du tout
le premier venu, quoiqu'il n'eût rien d'un héros
de roman.

Garçon de trente-quatre ans, riche, bien tourné,
avec une certaine raideur de tenue qui sentait le
correct britannique sous une teinte d'originalité
pleine d'humour, il avait naturellement fort grand
air, et, bien qu'on ne lui connût d'attache de
famille en aucun des nobles faubourgs (si ce

n'est que le baron Sauvageot, qui l'avait un jour
produit dans le monde, était son parrain), on le
citait au club comme un gentleman accompli.
Son train de luxe y était remarqué. Flegmatique,
et doué d'une volonté de fer sous l'aisance élégante et facile d'un Athénien, il n'eût point
coupé la queue de son chien pour un empire,
estimant peu les vanités de la gloire ; mais il se
fût cassé le cou pour dompter un cheval rétif,
s'il eût eu quelque raison de le monter. Comme
il ne devait rien qu'à lui-même, il se sentait
libre comme l'air, et son caractère y gagnait
cette mansuétude du fort qui rend toujours
charmant. Un peu ironique, avec des tours d'esprit qui n'étaient point sans grâce, tolérant pour
les qualités des autres, comme pour ses propres
défauts, et lame fine aux jeux de l'épée, c'était
bien le compagnon le plus aimable à vivre avec
les gens qui lui plaisaient. A Paris depuis seulement une année, tout ce qu'on savait de son passé,
c'est qu'il rapportait une grande fortune du
Mexique ou du Canada, et qu'il avait servi dans
l'armée du Sud pendant la guerre de sécession.
D'un sang-froid toujours plaisant, ses allures
révélaient d'ailleurs cette solidité américaine que

donne l'habitude de tenir sa place au soleil. C'était à la fois la fantaisie excentrique et ce calme des gens que la vie d'aventures et de luttes a prématurément bronzés. — Tel qu'il était enfin, c'était un homme, et le baron Sauvageot, qui semblait lui-même subir son ascendant, ne se montrait pas peu fier d'avoir un tel filleul.

Installé dans un ravissant hôtel de la rue François Ier, Jean d'Erneau était bien en effet le mortel le plus exempt de soucis, par la raison fort simple que le cœur ne le gênait pas : non point qu'il n'en eût un tout comme un autre ; mais, soit hasard ou négligence, il n'en avait jamais trouvé l'emploi. Son histoire, du reste, était assez bizarre. — Bien qu'il eût quelque part une famille, il avait vécu presque en enfant abandonné. Nourri jusqu'à sept ans par des braves gens qui habitaient Auteuil, à cet âge, il était entré au collège, sous la tutelle assez indifférente de son parrain, qu'il ne voyait jamais. Le baron Sauvageot n'était pas un méchant homme, au contraire : il s'aimait bien ; mais, conseiller général, maire et député, de ceux qui ne font jamais de bruit à la Chambre, il était trop occupé à ne pas s'embrouiller dans ses votes pour

avoir du temps de reste à dépenser en dehors de
ces soins importants. — Jean, de son côté, s'élevait
fort bien tout seul, s'accommodant au mieux d'un
isolement qui lui permettait de vivre à sa guise.
Une année, il avait alors quatorze ans, le baron
Sauvageot l'avait emmené à une de ses terres,
dans le département du Var. Là, le collégien avait
retrouvé sa mère, une sorte de riche fermière,
personne encore fort belle d'ailleurs, qui l'avait
accueilli sans s'épancher beaucoup en effusions
de tendresses. La voix du sang demeurant en lui
latente, il ne s'était pas mis en plus grands frais,
tout ravi de courir le pays sur les chevaux de
labour, sans que nul s'avisât de le surveiller.

Cette éducation indépendante porta ses fruits.
A dix-huit ans, Jean quittait le collége, et, destiné
à la carrière administrative, eut bientôt achevé
son droit; son parrain le prit alors pour secrétaire. — Il arriva un prodigieux événement :
le baron Sauvageot, député muet, se mit tout à
coup, dès cette heure, à parler, à révéler des
qualités rares qu'on ne lui avait jamais connues, et
qui stupéfièrent plus d'un de ses amis. Un rapport
sur les sucres lui valut d'emblée un succès très
flatteur. Il aborda même un jour la tribune, et lut,

tout comme un autre, un long discours qui l'éleva presque au rang des hommes politiques en vue.

Ce triomphe durait depuis deux ans, lorsque, un beau jour, juste au milieu d'une discussion brûlante, dans laquelle le député du Var devait fulminer une réplique, Jean disparut sans façon, laissant une lettre avisant son parrain qu'il partait pour l'Amérique. — Cette désertion à l'étranger fut un désastre. Le baron Sauvageot ressentit un tel coup d'une pareille ingratitude qu'il en reperdit subitement la parole. Trois ans plus tard, cependant, Jean lui donna de ses nouvelles; mais, dominé par une colère que le temps et le regret de sa carrière perdue n'avaient fait qu'accroître, et pressentant, au surplus, quelque appel de détresse, le parrain le gratifia d'une malédiction en forme qui rompaitt out entre eux.

Douze années s'étaient passées sur cette étrange fugue; un matin, comme il se faisait la barbe, le baron Sauvageot fut tout surpris d'entendre annoncer Jean d'Erneau. Son premier mouvement fut de lui refuser sa porte : un désir de vengeance le retint.

— Faites entrer ici, dit-il à son valet de chambre, et restez pour m'habiller.

Le filleul fut introduit; le baron, debout devant une petite glace vissée à sa fenêtre, ne bougea pas plus que s'il l'eût vu la veille ou qu'il eût eu affaire à un de ses gens.

—Ah! c'est vous? dit-il froidement, sans se retourner.

—Oui, cher parrain, répondit Jean. Arrivé depuis cinq jours, je n'ai point voulu tarder à vous rendre mes devoirs.

— C'est aimable à vous!

En laissant tomber ces mots d'un ton glacé, il fit une pause.

—Et vous arrivez d'Amérique? reprit-il après un instant... d'où vous m'avez écrit deux fois en douze ans, je crois.

— Douze ans et quelques mois. — J'ai eu beaucoup d'affaires.

—Eh bien, c'est parfait! poursuivit le baron sans détourner les yeux de son miroir.—Quand repartez-vous?

—Je ne pars plus, répliqua Jean; j'ai l'intention de me fixer à Paris...

—Je comprends!... Et vous comptez sur moi, sans doute, pour vous aider à trouver une situation digne de vos talents?

— Oh! rien ne presse, j'ai le temps de me résoudre... avec vos bons conseils.....

— Et... quelle carrière avez-vous suivie dans vos heureux voyages?.. ajouta le baron Sauvageot d'un air goguenard.

— J'en ai suivi plusieurs. — Par un bon hasard, je suis arrivé là-bas au moment où venait d'éclater la guerre de sécession. Je me suis engagé dans l'armée du Sud.

— Eh! bien, mais, en ce cas, vous n'avez qu'à demander les épaulettes de général! répondit le baron Sauvageot, de plus en plus persifleur.

— Non, répondit Jean avec flegme, je n'ai été licencié qu'avec le grade de colonel.

— Colonel! dit le parrain, surpris.

— Oui; seulement, comme cela ne menait à rien, je me suis alors lancé dans les affaires. Ma dernière opération au Paraguay consistait dans l'exportation des cuirs. J'aurais pu y faire fortune, mais comme j'ai des ambitions modestes, je me suis contenté d'en rapporter deux millions.

A ces mots, le baron Sauvageot se retourna si brusquement qu'il manqua de se couper.

— Deux millions! s'écria-t-il.

— Oui; et je vais, en vous quittant, les toucher

chez Rothschild pour les mettre à la Banque jusqu'à ce que je me décide à en faire l'emploi.

—Bon, bon ! répliqua le parrain ; mais j'espère
bien, mon cher ami, que tu vas d'abord déjeuner
avec moi.—Où loges-tu?

—A l'hôtel Bristol, place Vendôme.

—Tu vas me faire le plaisir de dire à Joseph
de transporter bien vite ici ton bagage. Il ne
serait pas convenable que tu eusses une autre
maison que la mienne en attendant que tu
t'installes !

II

Dans ce cours plat de la vie, où le commun des mortels subit presque sans le savoir le train vulgaire des choses, il est des natures qui semblent prédestinées aux événements étranges, comme si quelque influence secrète, ou quelque prédétermination fatale d'une volonté plus libre de tout joug, les réservait, à l'écart du troupeau, pour les péripéties imprévues. — Jean d'Erneau, il l'avait bien prouvé, était un homme à déterminations précises, qui ne s'attardait point au préjugé banal. Original par tempérament, il avait horreur du chemin battu, et, pour le reste, il s'en remettait à son étoile. — En fallait-il davantage pour que rien ne lui arrivât comme à un autre moins original que lui?

1

Rentré en possession de son parrain, tout fier
de le produire, Jean s'abandonna pour la première fois à cette quiétude que donne à tout
homme sorti vainqueur de la lutte la conscience
d'une supériorité bien acquise. Doué de brillantes
qualités et sportsman accompli, il fut bientôt en
vue dans ce milieu de désœuvrés où ses grandes
façons et son penchant naturel pour l'*excentric* lui
donnaient un relief rare. De plain-pied dans tous
les mondes, son scepticisme plaisant auprès des
femmes lui valait des succès qui ne manquaient
point d'envieux, et tout semblait présager qu'il
était lancé pour jamais en ce train de viveur qu'il
menait la main haute, quand, après six mois
d'existence folle, une belle nuit, sans crier gare,
dans un souper au Café anglais, qu'il donnait à
ses amis, il annonça qu'il prenait congé des agitations de la vie légère pour se vouer désormais
au culte plus hygiénique et plus sévère des convenances et de la vertu. On crut à une plaisan-
terie de sa façon; mais, avec le sérieux qu'il
apportait dans ses moindres fantaisies, on le vit le
lendemain mettre en pratique ses théories nouvelles, comme s'il eût trouvé son chemin de
Damas. Tout dénonçait un si brusque changement

d'allures qu'on s'en occupa, cherchant le mot de cette énigme.

On soupçonna d'abord quelque aventure cachée dans le monde, sans pouvoir rien découvrir pourtant du mystérieux objet d'une aussi soudaine conversion. Toujours dégagé dans sa désinvolture de blasé, il allait au club à ses heures, se montrait le soir dans quelques salons, toujours aussi galant avec les femmes de ses amis, sans que le moindre oubli de son flegme pût trahir le plus léger secret avec aucune d'elles. Quelques absences réglées d'ailleurs donnèrent bientôt un autre cours aux suspicions. Il disparut une fois pendant tout un mois, sans que le baron Sauvageot lui-même pût donner de ses nouvelles. A son retour, il répondit aux questions qu'il s'en était allé patiner en Hollande. On accepta cette explication, trop en rapport avec son originalité pour soulever le moindre doute. Cependant, parmi ses intimes, étonnés d'un renoncement si subit dont rien ne révélait la cause, les conjectures n'en continuèrent pas moins; elles se fixèrent enfin sur une présomption des plus simples et que tout semblait justifier.

Le baron Sauvageot avait une nièce, mademoi-

selle Jeanne Runières, jeune et belle héritière
de vingt ans, dont la dot se chiffrait par millions.

— Jean, qui ne se mettait guère en frais pour
son parrain, n'était certes pas plus assidu dans
sa famille ; pourtant on savait qu'il y était
accueilli avec une faveur marquée. On avait bien
parlé vaguement, dans le monde, d'un commen-
cement de sympathie entre mademoiselle Runières
et le comte Tancrède de Mauvert, jeune attaché
d'ambassade, sans rival parmi les meneurs de
cotillons ; mais une demande en mariage aigrement repoussée par la mère avait clos cette idylle
à peine ébauchée. La jeune personne avait été
renvoyée au couvent. Le prétendant, éconduit
sans espoir de retour, était parti pour Rome.
On pouvait donc supposer que, filleul du baron
Sauvageot, et peut-être même protégé par lui,
Jean attendait tranquillement son heure ; comme il
ne démentait rien des intentions qu'on lui prêtait,
les conjectures en étaient arrivées à l'état de fait
acquis, lorsque, tout à coup, une nouvelle qui
surprit quelque peu fut officiellement divulguée :
— mademoiselle Jeanne Runières venait d'être fiancée à M. Arthur Verdier. — Les publications furent
lancées. Jean, invité à la soirée du contrat, se

montra fort satisfait de ce dénouement imprévu.
Les plus habiles en augurèrent qu'il cachait son
jeu, et l'on s'attendit à quelque événement que
les convenances du mariage annoncé eussent
d'ailleurs un peu justifié.

La sœur du baron Sauvageot, la belle madame
Runières, comme on l'appelait encore malgré
ses quarante ans, était de sa personne une de ces
femmes qui traversent le monde en laissant
derrière elles un lumineux sillon. Mariée, vers
le début de l'Empire, à un des princes de la
finance, soutiens heureux du règne naissant, elle
avait pris rang d'emblée parmi les quelques beautés
tapageuses les plus en vue de la nouvelle cour,
et fait parler d'elle un peu plus certainement que
ne l'eût voulu son mari. Grande et faite à mi-
racle, avec des airs de nymphe antique, elle
était blonde, de ce blond particulier qui semblait être alors une flatterie et qui devint une
mode ; de grands yeux châtains, aux regards
mêlés de langueurs et de flammes, la tête fine
avec des traits d'une pureté de lignes sculpturale.
Riche, adulée, fêtée, aristocratique jusqu'au bout
des ongles, nulle ne chantait mieux les airs de
Thérésa ; ses élégances étaient célèbres aux chasses

de Compiègne, les reporters citaient ses mots.

Ce suprême entrain d'existence durait depuis quinze ans, lorsque M. Runières rendit un jour son âme au Dieu d'Israël. — Avait-il dédaigné la gloire de son ménage, ou mal apprécié son bonheur ? On l'ignore. — Tant il y a que, par une bizarre imprévoyance, marié sous le régime dotal, il négligea d'assurer, dans l'avenir, le train somptueux de sa veuve, qu'il laissait avec un maigre douaire de vingt-cinq mille livres de rente, qu'elle possédait de son chef, et la tutelle de sa fille, qu'il ne pouvait lui enlever.

Pour quiconque a sondé les tristesses humaines, de tous les coups funestes d'ici-bas, le plus cruel est assurément la perte d'un tel époux. La belle madame Runières en conçut un si grand désespoir que, pendant toute une semaine, elle oublia de mettre son rouge, et que la poudre de riz seule sécha ses pleurs. Bien qu'elle sût que le deuil sied à ravir aux blondes, enfermée avec sa fille, devenue une des plus riches héritières de France, et dernier gage d'une félicité dont elle estimait soudain tout le prix, pendant plus d'un mois, ensevelie dans son superbe hôtel du parc Monceaux, elle renonça

au monde, ne recevant que ses intimes, parmi
lesquels le plus assidu était M. Arthur Verdier,
jeune capitaine aux cent-gardes que le défunt
n'aimait pas. — Heureusement, par une faveur
du sort, il n'est point de regrets éternels. Jour
à jour, le temps apporta le baume de l'oubli; il
adoucit la blessure de cette âme éplorée, suffisamment du moins pour que la fin de son demi-
deuil se fondît doucement dans une robe bleu
chine et jaune, chef-d'œuvre du grand coutu-
rier. — Elle était sauvée.

Mais il est des épreuves qui mûrissent avant
l'âge. Privée de l'unique soutien trop prématurément arraché à sa tendresse, madame Runières
reporta toutes ses affections sur sa fille. Elle fit
alors deux parts de sa vie, retranchant de ses
joies mondaines pour accomplir ce devoir si doux
de mère attentive qu'elle se reprochait peut-être
d'avoir parfois un peu délaissé. Quoique Jeanne
eût déjà douze ans, elle ne craignit plus désormais de la montrer partout, même en robes
longues, auprès d'elle, aux jours de congé
du couvent. — Cette adoration, ce culte
durèrent sept ans, sans qu'un seul jour les dé-
mentît.

Une pensée pourtant altérait le bonheur fondé sur cette tête si chère : l'enfant devenait jeune fille, et chaque heure la rapprochait de ce moment fatal, cruel effroi des mères, où il faudrait lui choisir un époux. Cette idée plongeait madame Runières dans l'épouvante. — Quoi ! un étranger viendrait, qui lui prendrait ce trésor d'affections longuement amassées ?.. Il lui faudrait quitter cette splendide demeure, si pleine de ses souvenirs, de ses tristesses et de ses joies ? — A force d'y songer, elle conçut bientôt un projet : ce fut d'élire pour gendre un ami sûr, éprouvé, qui ne la séparerait jamais de sa fille. Elle jeta les yeux sur M. Arthur Verdier, dont huit années de dévouement lui garantissaient du moins dans l'avenir cette communauté d'existence devenue son rêve le plus doux.

Bien que la soirée de contrat fût tout intime, l'hôtel Runières était en gala : une centaine d'amis, sans plus, composaient l'assemblée. En familier, Jean alla baiser galamment la main que lui tendit la belle veuve, et il la complimenta sur ce grand jour.

— Hélas ! mon ami, répondit-elle de cet air de mélancolie qui lui seyait si bien, vous oubliez

que ce grand jour est celui qui prépare pour
moi la perte de mon enfant !

Ses devoirs accomplis envers la maîtresse du
lieu, Jean d'Erneau alla serrer la main de son
parrain, salua M. Arthur Verdier, qu'un air
rayonnant, conforme à son rôle, suffisait à dé-
celer comme le héros de la fête, et, cherchant du
regard mademoiselle Jeanne, qu'il aperçut dans
le salon voisin, il passa à travers les groupes,
s'arrêtant presque à chaque pas pour échanger
de gracieux propos avec quelques belles dames
de ses amies.

Assise à l'écart, entourée de jeunes compagnes,
mademoiselle Jeanne était charmante en sa toilette
de fiancée. D'Erneau, qui ne l'avait vue que de
rares fois, et toujours en costume de couvent, fut
frappé d'un air de naturelle élégance qui révélait
sa race. Il remarqua pourtant qu'elle était un
peu pâle. Il s'approcha, et, s'inclinant, lui tendit
sa main, qu'elle prit timidement.

— Je vous apporte mes vœux, mademoiselle,
dit-il avec le sourire de circonstance.

A ce mot, qui parut l'étonner sur les lèvres
de Jean, elle le regarda ; leurs yeux se rencon-
trèrent.

— Quoi!... vous aussi? dit-elle.

— Mais, puis-je faillir à cette marque d'intérêt, mademoiselle, à l'heure où votre destinée
s'engage? — Je vous souhaite un heureux avenir,
et du fond du cœur, je vous le jure! ajouta-t-il
avec un air de franchise émue qui contrastait avec
son flegme.

Elle garda un instant le silence, hésitante
comme si elle eût attendu quelque autre parole
de lui. Voyant qu'il se taisait :

— Enfin! reprit-elle en secouant la tête comme
pour chasser une idée importune, merci de vos
bons souhaits!

A ce moment, madame Runières entrait, et,
venant embrasser sa fille avec tendresse :

— Es-tu mieux, ma chérie? dit-elle, cette affreuse
migraine te fait-elle un peu grâce?

Puis, sans lui laisser le temps de répondre :

— Allons, viens, ajouta-t-elle en l'entraînant
doucement par la taille pour la serrer sur son
cœur, le notaire est là!

Lorsqu'elles apparurent ainsi enlacées au salon,
un murmure flatteur les accueillit. Pourtant la
pâleur de Jeanne et son air de tristesse attestaient
une si vive souffrance, et contrastaient tellement

avec le bonheur d'une fiancée, que quelques amies
s'empressèrent.

— Ce n'est rien, ce n'est rien, dit-elle.

— Ma pauvre Jeannette! reprit madame Runières en lui faisant respirer son flacon; n'est-ce
point comme un fait exprès : une névralgie un
pareil jour!

M. Verdier s'élança pour approcher un fauteuil,
avec une sollicitude attendrie; il la fit asseoir,
en lui prodiguant de délicates attentions. Malgré
la disgrâce d'une indisposition si malencontreuse,
il était difficile de voir un couple mieux assorti.
—Grand, un peu trop sanglé peut-être, M.Verdier
avait trente-cinq ans. Il possédait cette sorte de
beauté mâle qui saisit le regard du vulgaire à
première vue. La poitrine effacée, des traits régu-
liers, bien qu'un peu lourds d'expression, l'œil
à la fois fuyant et hardi, des moustaches allon-
gées en aiguilles, il portait la tête haute avec un
certain air vainqueur du meilleur ton.

Près d'une table, le notaire était installé. On
prit place. Un sentiment de curiosité, voilée
pourtant sous les formes de la plus haute éti-
quette, apparut alors sur tous les visages, comme
à l'attente de quelque incident imprévu. Après

certains propos qui avaient généralement couru
le monde, le choix de M. Verdier semblait enfin
si bizarre que, plus d'une mauvaise langue en
glosant tout bas, quelques doutes s'étaient éle-
vés sur la réussite d'un tel projet. — Cependant
le silence se fit et la lecture du contrat s'ensui-
vant sans encombre, tout en s'émerveillant de
cette dot éblouissante, il fallut bien se rendre à
l'évidence du fait, quand, la dernière clause
achevée, le notaire tendit la plume au fiancé.
— M. Arthur Verdier, ayant paraphé toutes les
pages, offrit à son tour la plume à mademoiselle Jeanne avec un sourire ému; mais, soit
qu'elle fût distraite, ou qu'elle ne vît point son
geste, elle prit une autre plume et traça fiévreu-
sement son nom, sans tourner les yeux vers lui.

— Ma foi, se dit Jean, si Verdier avait l'ambi-
tion de donner à croire qu'il fait un mariage
d'amour, il faudrait en rabattre !

Une valse, jouée aussitôt dans le grand salon,
rompit la réserve un peu froide observée jusque-
là, et la soirée prit le courant de fête obligé à
l'occasion d'un heureux événement de famille.
Madame Runières possédait cet art mondain
d'animer ses réceptions; le choix de ses hôtes

surtout y ajoutait, à certains jours intimes, un élément de jeunesse et de beauté, qui faisait de sa maison un centre unique.

Parmi les plus admirées ce soir-là se distinguait lady Maud O'Donor, dont les grâces souveraines, autant que son état dans le monde, faisaient toujours sensation. Veuve depuis juste un an du vieux général O'Donor, qui lui avait laissé son immense fortune, lady Maud, revenue la veille de sa villa du lac de Côme, reparaissait pour la première fois. Belle à vingt-quatre ans d'une de ces beautés exotiques et troublantes qui semblent créées pour exercer le ravage, lady O'Donor avait traversé la société parisienne, en s'y montrant à de rares intervalles que permettaient l'âge et la santé d'un vieil époux qu'elle entourait de soins touchants. Capricieuse et fantasque, elle vivait à sa guise, protégée par son rang indiscuté, et avec cette confiance audacieuse que donne l'ascendant de la richesse et d'un grand nom. Une aventure tragique avait marqué dans sa vie : épris d'une passion folle et dédaigné par elle, le jeune lord Harrington s'était tué de désespoir. Pour achever enfin l'étrange séduction de cette rayonnante Circé,

on racontait en outre sur elle une singulière
histoire qui ne contribuait pas médiocrement à
lui assurer le plus original prestige. Après cinq
années de mariage, le général était mort à
soixante-quinze ans, et quelques amies intimes
de la jolie veuve affirmaient tout bas, avec des
sourires entendus, qu'en continuant les libres
allures des jeunes *misses* américaines elle ne
faisait qu'user de son droit.

Quoi qu'il en fût, les plus téméraires s'étaient
brûlés à leur propre flamme, et sa froideur
hautaine avait jusqu'alors désespéré la médi-
sance et l'envie.

De tous ceux qui avaient approché lady
O'Donor, Jean d'Erneau était peut-être le mieux
informé. On savait qu'en Amérique il avait par
hasard servi sous les ordres du général, qui,
charmé de le retrouver à Paris, ne faisait pas
mystère qu'à la bataille de Gettysburg le jeune
colonel lui avait sauvé le vie. Accueilli à bras
ouverts, Jean avait compté un instant parmi les
rares familiers admis près de la belle lady Maud.
Mais une circonstance ignorée avait bientôt
relâché des relations qu'un brusque veuvage
avait presque rompues.

Le monde pourtant a ses lois de convenances ; à un moment, comme lady Maud causait avec madame Runières et le jeune duc de C..., un de ses soupirants déclarés, Jean d'Erneau alla la saluer ; elle lui tendit à l'anglaise le bout de ses doigts.

— Je dois mille remerciements à madame Runières, dit-elle avec ce léger accent traînant qui lui était une grâce. Il ne faut pas moins qu'une rencontre chez elle pour que j'aie l'honneur de vous voir.

— Je vous eusse certainement rendu mes devoirs, madame, en déposant chez vous une carte, si j'avais su votre retour, répondit Jean.

— Merci, en tout cas, pour cette assurance de votre petit carton, répliqua-t-elle avec son plus grand air. — Eh ! bien, puisque vous voilà, asseyez-vous, cela vous donnera l'occasion de me demander en passant des nouvelles de ma santé.

— Bon ! vos compliments commencent comme une querelle. Jean, méfiez-vous. Moi, je me sauve ! dit madame Runières en s'éloignant.

Le jeune duc souriait.

— Mon cher duc, ajouta lady O'Donor en abaissant son beau regard vers lui, ayez donc, je vous prie, l'extrême obligeance de me chercher mon bracelet, que j'ai perdu quelque part dans l'autre salon.

Le charmant duc se leva, laissant son fauteuil à Jean d'Erneau, qui s'y installa. Dès qu'ils furent seuls, lady O'Donor, changeant de ton et se penchant comme pour lui montrer son éventail:

— Tu as causé bien longtemps avec mademoiselle Runières, dit-elle à demi-voix. Qu'y a-t-il donc entre vous ?

— Mais rien ! Je l'ai complimentée, voilà tout.

— Et pourquoi était-elle si émue?

— Allons, ma chère Maud, encore cette folie... Attention, voici le duc qui revient.

— A demain, n'est-ce pas, reprit-elle rapidement.

Le duc rapportait le bracelet. Lady O'Donor se leva et prit son bras pour un quadrille.

— Enfin, j'accepte vos excuses, dit-elle cette fois tout haut à Jean, à la condition pourtant que je réserve mon pardon si vous me négligez trop.

— J'irai l'implorer à genoux, madame, répondit d'Erneau avec la plus belle désinvolture.

— Oh ! à genoux, c'est trop pour votre superbe orgueil, dit-elle en riant ; je vous dispense d'une pareille mortification.

III

Le lendemain de cette {soirée de madame Runières, vers quatre heures, la voiture de Jean s'arrêtait dans une avenue isolée du parc de Neuilly, devant une petite porte pleine, percée dans un mur de clôture, au-dessus duquel on apercevait le toit d'une jolie maison dont l'entrée devait donner sur une autre rue. Il prit une clef, ouvrit, et, traversant le jardin, se dirigea vers le perron. Dès qu'il parut, une mulâtresse, qui semblait le guetter, l'accueillit avec des cris de joie.

— Bonjour, ma vieille Lizzy, lui dit-il en anglais. Bonjour et bon retour !.. Maud est là ?

— Ah ! la chère enfant ! depuis plus d'une heure !

Et, s'empressant devant lui, elle souleva la portière d'un petit salon d'une élégance rare, vrai nid d'amants épris de mystère.

Lady O'Donor avait entendu le bruit des pas. À peine la portière retombée, elle s'élança dans les bras de Jean.

— Enfin, s'écria-t-elle, vous voilà ! Trois semaines, trois longues semaines de séparation !
— Méchant ! pourquoi n'être pas venu au chemin de fer ? Et hier, rien qu'un mot froid et sec chez moi.

— Folle, dit-il, ne faut-il pas que je vous garde de toute imprudence ?

— Eh ! que m'importe, répondit-elle, pourvu que je vive ? Mais, venez là, tout près, comme à Côme, et redites un peu que vous m'aimez toujours... autant que vous le pouvez du moins, avec votre cœur barbare.

Elle l'entraîna vers le divan où elle le fit asseoir, tenant ses deux mains dans les siennes.

— Cette fois nous ne nous quitterons plus, reprit-elle. Cet éternel deuil est fini. Je suis libre, et je vous verrai sans crainte, tous les jours si je veux. — Oh ! ne faites pas votre moue, je suis revenue avec de très sérieux projets.

Jean mit un baiser sur son front qu'elle lui tendit.

— Voyons, tout cela est fort bien, ma chère Maud, dit-il ; mais encore faut-il que ces beaux projets s'accordent avec la réalité. Je vous aime trop pour permettre rien de ce qui pourrait vous nuire, et j'estime que nous sommes trop forts tous les deux pour gâter à plaisir une situation dont nous avons tous les profits, sans que vous y perdiez l'état que vous avez acquis dans le monde.

— Bon, reprit-elle avec un sourire, tout cela était merveilleusement raisonné l'an passé ; et, si ma tête folle se révoltait parfois, mon obéissance, du moins, n'était pas en défaut. Mais, depuis votre dernière visite à Côme, j'ai fait de grandes réflexions.

— Si grandes ? exclama Jean en portant la petite main qu'il tenait à ses lèvres.

— Grandes comme le monde ! répéta-t-elle avec le même sourire.

— Mesurons-les !

— Eh bien, ajouta-t-elle en le regardant dans les yeux, mon deuil est fini ; nous nous marions.

A ce mot, Jean laissa échapper un geste de profonde surprise.

— Nous marier, dit-il, comme si cette propo-

sition fût tombée de la lune. — Quoi ! c'est là votre
grand projet ?

Lady O'Donor eut un léger mouvement de
stupeur, et, sans détourner les yeux, fronça ses
beaux sourcils.

— Ah ! prenez garde, Jean, reprit-elle la voix
un peu altérée, votre étonnement n'est flatteur
ni pour vous, ni pour moi, et je suis assez
votre élève pour comprendre ce qu'il veut dire.

— Il veut dire, ma gentille Maud, que cette
imagination romanesque que j'ai eu tant à com-
battre vous égare une fois de plus, et que votre
idée d'un mariage entre nous n'a point le sens
commun, voilà tout !

— Pourquoi ? — Est-ce manque d'amour... ou
manque d'estime ?

— C'est parce que ce serait une faute qui nous
ferait déchoir de cette supériorité, si chèrement
conquise, de deux être affranchis des sottes en-
traves du monde ; n'en prenant que les joies
exemptes de soucis, unis par un lien que rien
ne peut rompre, prêts à tout l'un pour l'autre,
à toute heure, parce qu'ils ne font qu'un, et qu'ils
le savent, même lorsque, comme hier soir, ils ont
à peine l'air de se connaître. Tout cela n'est-il

pas charmant ? Vous êtes folle, ma jolie Maud,
de vouloir changer notre belle liberté contre un
ridicule esclavage qui nous serait une gêne et
nous humilierait.

— Mais votre passion pour cette belle liberté,
dont vous me vantez les avantages, mon cher
Jean, ne viendrait-elle pas de ce que vous ne
m'aimez plus ?

— Sur mon honneur, Maud, je ne vous ai jamais mieux aimée, répondit Jean. Où trouverais-
je d'ailleurs votre pareille ?

— Et mademoiselle Runières ? dit-elle.

— Encore ! s'écria-t-il. Cette ingénue de couvent que j'ai à peine vue trois ou quatre fois ?
— Ingrate ! ajouta-t-il, quand... depuis plus d'une
année, elle vous sert de paravent.

— Elle me fait peur, reprit-elle. Elle vous
aime, ou elle vous aimera..... je le vois, je le
sens.

— Grand Dieu ! s'écria d'Erneau en riant.
Vous parlez comme la sibylle !

— Cela tient à mes origines, voilà tout, répliqua-t-elle froidement.

— Mais Jeanne Runières se marie dans quinze
jours.

— La belle raison ! Ne savons-nous pas que ce n'est point là un obstacle?.. Elle a de qui tenir d'ailleurs, ajouta-t-elle avec un amer sourire.

— Et c'est pour cette folle préoccupation que vous voulez nous mettre à la chaîne, ma pauvre Maud ?

— Oui, Jean, parce que je [sais qu'une fois votre femme je n'aurais plus rien à craindre. Si sceptique que vous êtes, je vous connais, et je n'ignore pas que, votre foi donnée, vous ne la trahiriez plus.

Sans répondre, Jean la considéra un instant comme touché de ses alarmes, et, l'attirant à lui, il la prit dans ses bras comme un enfant que l'on console :

— Allons, ma petite Maud, dit-il avec une tendre autorité qui révélait cette fois quelque émotion, il faut soigner cette folie-là, car elle peut troubler ta vie... Comment! jalouse, toi ? Mais c'est là un sentiment bête entre tous !

— Mais ce sentiment bête, si j'en souffre, Jean, comme d'une épine au cœur dont le tourment m'obsède ?

— On l'extirpe, et l'on en guérit, voilà tout !

Allons, souriez, ma belle orgueilleuse, et chassez ces papillons noirs qui vous rendent maussade en un si joli jour. — Quand on est ce que vous êtes et ce que je suis, on n'a pas de ces puérilités-là...

— Tu me jures que tu m'aimes toujours ? répéta-t-elle en le regardant dans les yeux.

— Je te jure par mon grand serment que tu es la seule femme que j'aie jamais aimée.

— Je veux plus que cette parole, dit-elle d'un ton grave.

— Quoi encore ?.. la tête de cette pauvre Jeanne Runières ?.. Parle, tu l'auras !

— Je veux que tu t'engages à me laisser libre d'agir contre elle, si jamais tu l'aimais.

— C'est dit, ma belle tigresse ! répliqua Jean en riant. — Enfin la voilà sauvée !

IV

En toute intrigue galante, le chapitre des précautions inutiles tiendrait un in-folio. Les plus
avisés s'y font prendre. Les dissimulations, les
froideurs, sont les armes des naïfs ; lady Maud
O'Donor ni Jean n'étaient de ceux-là. L'existence
de la belle veuve se passait dans ces régions éle-
vées où une pointe d'excentricité couvrait ses libres
allures de fille d'Albion. En son splendide hôtel
du faubourg Saint-Honoré, dont les jardins donnaient sur les Champs-Élysées, elle recevait suivant son caprice, et, dans les visites de jour
qu'elle admettait, d'Erneau était bravement des
plus assidus. Presque chaque matin, on la ren-
contrait au bois, le plus souvent seule, suivie de
deux *grooms* ; parfois accompagnée de quelque

soupirant dont la tâche n'était pas toujours facile.
Elle montait avec une hardiesse rare un cheval
de course célèbre que sa petite main domp-
tait avec une sûreté d'écuyère, et sautait, en se
jouant, des obstacles dont plus d'un *gentleman
rider* se fût effrayé. Jean se joignait comme un
autre à ces courses où presque seul il pouvait
la suivre. Il arrivait qu'ils perdaient les *grooms*
et qu'il la ramenait sans plus de mystère. Cette
franchise avouée dans leurs relations d'amitié
détournait habilement tout soupçon. Deux semaines s'étaient à peine écoulées que le secret
des deux amants pouvait défier les propos.

« Nul n'est maître de son lendemain, » a dit
un sage. Jean avait un dédain trop superbe des
maximes absolues pour se préoccuper jamais des
événements à naître ; il s'en fiait à son étoile et
laissait venir les jours comme il leur plaisait de
luire, sans en plus appréhender le cours que s'il eût
dû lui-même le diriger à son gré. Cependant il
avait pour principe que le bonheur est un art qui
veut qu'on le cultive. Aimant à sa façon, il estimait qu'une belle maîtresse vaut mieux qu'une
laide, et, bien que la fantasque jalousie de lady
O'Donor ne reposât sur rien, il avait évité de re-

paraître aux jours de madame Runières, lorsqu'une aventure des plus surprenantes vint le
saisir en pleine sécurité de lui-même et de son
avenir sans nuages.

Un jour qu'il rentrait du club pour s'habiller
avant le dîner, comme sa voiture touchait le
perron de son hôtel, un de ses gens lui annonça
que, depuis plus de deux heures, une jeune
dame très voilée attendait son retour. Pareille insistance en un logis de garçon n'était point faite
pour lui donner une haute idée de la visiteuse. Il
respectait d'ailleurs sa maison et n'y avait jamais
donné accès à ce monde de relations légères que
tout homme bien élevé n'aborde que par hasard
en dehors de chez lui. Songeant à quelque folie
de lady Maud, il se dirigea vers le salon. Une
jeune personne était debout devant la fenêtre,
regardant la rue à travers la vitre. Au bruit de la
porte, elle se retourna. Il ne put retenir un cri
de surprise en reconnaissant la nièce de son parrain. Assise près de la cheminée, miss Clifford,
la gouvernante, feuilletait un album.

— Quoi ! c'est vous, mademoiselle, ici, chez
moi ?.. s'écria-t-il.

— Oui, répondit mademoiselle Jeanne Runières, je me suis sauvée de chez ma mère, et je viens vous trouver pour que vous me cachiez de façon à me mettre à l'abri de toute recherche.

— Que je vous cache, moi ?.. mais vous n'y songez pas, mademoiselle.

Mademoiselle Jeanne secoua sa jolie tête d'un air résolu.

— On va me marier demain, reprit-elle, avec un homme que je méprise et que je hais. J'en aime un autre, à qui je me suis fiancée ; j'ai juré de l'attendre et d'être sa femme. Je me suis traînée aux pieds de ma mère, et je l'ai suppliée pour qu'elle ne me contraigne pas du moins à ce mariage qui me fait horreur et qui m'épouvante : elle a été impitoyable.

— Résistez !

— Oui ; cela vous est facile à dire, mais on a des raisons pour passer outre... et des moyens pour me faire céder.

— Mais une pareille fuite, mademoiselle, serait un horrible scandale qui vous perdrait... qui m'exposerait moi-même au danger d'avoir à répondre d'une complicité que votre famille pourrait à bon droit considérer comme un rapt.

— Oh ! je sais que vous n'avez peur de rien, vous, reprit mademoiselle Runières.

— Pardonnez-moi, s'écria Jean, j'ai la plus grande peur de vous compromettre !

— C'est déjà fait, puisque je suis chez vous.

— Ce n'est encore là qu'une imprudence qui restera ignorée. — Aussi, je vous en supplie, mademoiselle, rentrez au plus vite chez votre mère, et ne donnez pas suite à ce projet fou.

— Si je rentre, je suis perdue.

— Invoquez l'appui de votre oncle ; il est votre tuteur...

Elle eut un sourire amer.

— Mon oncle ! dit-elle ; mais a-t-il une volonté ? Et, en supposant qu'il m'apporte son secours, ne connaissez-vous pas ma mère ?

— Pourtant ce que vous faites aujourd'hui prouve bien que vous êtes capable de résolution.

— Oui, oui, je suis brave quand il le faut, même pour une décision folle, vous le voyez. Mais, encore une fois, je vous le répète, si je retourne chez ma mère, je sais que je ne pourrai pas me défendre, et qu'elle aura raison de moi...

— A vous de voir, ajouta-t-elle d'un ton décisif, si vous voulez me sauver.

Bien que Jean d'Erneau ne fût point d'un
naturel à s'étonner de rien, la conjoncture où le
jetait son étoile lui parut cette fois d'importance.
Non point que, pour lui, il trouvât le moins du
monde inconséquent le coup de tête de mademoiselle Jeanne Runières, du moment qu'elle y
trouvait sa convenance; mais le chevaleresque
était peu son affaire, et, si accoutumé qu'il fût
à respecter toute action de logique, il était
incapable de se dissimuler que son intervention dans une pareille escapade le pourrait mener
fort loin.

— Voyons, mademoiselle, dit-il enfin avec ce
sang-froid qui ne l'abandonnait jamais, tout ceci
est fort grave. Répondez-moi donc, je vous en
prie, avec la franchise et avec la raison que,
dans les rares occasions où j'ai eu l'honneur de
vous voir, j'ai cru reconnaître en vous. — Si je
refuse de prêter mon aide à cette effroyable
imprudence, qu'allez-vous faire?

— Miss Clifford, qui n'a pas peur, elle, va aller
vendre ses quelques bijoux et les miens que nous
avons emportés; et, à la grâce de Dieu, nous
partirons. — Je vous demanderai seulement la
permission de l'attendre ici, puisque j'y suis venue.

3

— Et... où irez-vous?

— A Rome, si nous pouvons arriver jusque-là, où je retrouverai celui... à qui j'ai fait serment d'être sa femme.

— Monsieur Tancrède de Mauvert, je suppose.

— Oui, répondit mademoiselle Runières.

— Et ce projet est irrévocable, vous me le jurez?

— Je vous le jure.

Jean d'Erneau aimait les situations nettes.

— En ce cas, mademoiselle, reprit-il, comme entre deux folies il vaut mieux que vous fassiez la moins grande, il est inutile que miss Clifford aille vendre ses bijoux.

— Vous consentez?

— Comptez sur moi, ajouta-t-il sans se départir de son flegme et en lui tendant sa main, que mademoiselle Runières prit avec effusion.

— Ah! je savais bien, dit-elle, que vous ne m'abandonneriez pas, vous!.. De mon côté, croyez à ma reconnaissance, et soyez assuré que jamais personne ne soupçonnera rien du service que vous m'aurez rendu.

— Oh! cela m'est bien égal, et je m'en embarrasse peu! reprit-il. Mais, pour le moment, le

.plus pressé, c'est de vous faire disparaître. —
Voulez-vous me faire l'honneur de vous en fier
pour tout à moi ?

— Pour tout, répondit mademoiselle Runières.

— S'il en est ainsi, partons ! Votre visite chez
moi ne doit pas se prolonger plus longtemps.
Par bonheur, mes gens ne vous ont point recon-
nue. Ma voiture m'attend ; baissez votre voile, et
miss Clifford le sien, et venez.

Miss Clifford était déjà prête.

En toute circonstance critique, Jean se résol-
vait vite : « pour ou contre ». Ses décisions
prises, il ne s'attardait jamais dans des tergiver-
sations inutiles, comme ces gens qui tâtent l'eau
avant de plonger. — *A head!* était sa devise, et,
selon l'expression américaine : « Il coupait le câble
et chauffait ». A six heures, il quittait son hôtel,
mademoiselle Runières et miss Clifford cachées
au fond de sa voiture. A sept heures, ils étaient
à Meudon ; à sept heures et demie, la location
d'une villa, agréablement située sur la lisière du
bois, était conclue. Il y installait madame veuve
Humphry et sa nièce, citoyennes d'Amérique.

— Jeanne et Jean ! dit-il, nous devions être
amis.

Très pâle, agitée, la réflexion l'ayant effrayée peut-être, en le voyant partir, mademoiselle Runières devint toute tremblante. Il s'en aperçut.

— A la rigueur, il est encore temps, dit-il, devinant sa pensée, voulez-vous que je vous ramène ?

Elle eut un moment d'hésitation douloureuse, regarda autour d'elle, comme épouvantée de son isolement subit. Pensive, irrésolue devant cet inconnu de l'avenir sans retour qu'il lui fallait décider ; mais tout à coup elle fit un geste brusque.

— Non, non, dit-elle, il est trop tard ! Partez sans moi ! — Seulement, murmura-t-elle faiblement, soyez bon : Voici une lettre que j'écris à ma mère ; faites-la remettre, et tâchez de m'apporter demain de ses nouvelles.

— Ce sera fait... c'est justement aujourd'hui son jour. Par prudence, il faut que j'y paraisse.

De retour de Meudon à Paris, Jean d'Erneau, mourant de faim, se fit servir à dîner, et s'habilla sans se presser, en réfléchissant à cette nouvelle aventure. Si confiant qu'il fût en lui-même, il ne pouvait se dissimuler que ses amours avec lady O'Donor allaient se compli-

quer d'un étrange conflit, si par hasard elle
concevait le moindre soupçon. Il connaissait
trop bien cette imagination ardente pour ne
point redouter les effets d'une jalousie que ses
protestations avaient à peine apaisée, alors
qu'elle n'était en rien fondée. Après une telle
complicité dans ce coup de tête qui prenait
toutes les allures d'un enlèvement, comment détourner le péril?

Quoi qu'il en fût, le sort en étant jeté, Jean
partit pour la soirée de madame Runières. Il
était important de s'y créer un alibi à pareille
heure, et l'originalité de son rôle n'était point
sans lui plaire. En route, il fit arrêter sa voiture à l'angle d'une rue, et chargea un com-
missionnaire de porter la lettre que lui avait
confiée mademoiselle Jeanne, en recommandant
à cet homme de la déposer tout simplement
chez le portier de l'hôtel. Un quart d'heure
après, il faisait son entrée dans les salons. Il
aperçut la maîtresse du logis au milieu d'un
groupe. Du premier coup d'œil, il vit le désarroi, et comprit que, frappée à l'improviste par
une aussi inexplicable disparition qu'il fallait
cacher à tout prix, n'ayant plus le temps de

désinviter son monde, elle ne pouvait que payer d'assurance.

— Ah ! cher monsieur d'Erneau, dit-elle en levant sur lui ses beaux yeux, vous n'imaginez pas ce qui m'arrive !... Voilà que, au moment du dîner, ma pauvre Jeanne, déjà souffrante depuis huit jours, s'est trouvée prise d'une si grande fièvre qu'il m'a fallu la mettre au lit. — Je vous laisse à penser mes inquiétudes et mon embarras.

— Ah ! mon Dieu, c'est bien triste à la veille d'un mariage, répondit Jean d'Erneau. — Et va-t-elle mieux maintenant ?

— Elle dort, je quitte sa chambre à l'instant.

— Que dit le médecin ?

— Il trouve son état fort grave.

— Ah ! c'est bien triste, bien triste ! répéta Jean.

Et, faisant place à d'autres survenants, il alla serrer la main au baron Sauvageot, qui causait à l'écart avec M. Arthur Verdier. A leur contenance, il était évident qu'ils savaient tout. Par discrétion il passa, pour ne point interrompre leur conférence, et s'en alla saluer quelques amis. Lady O'Donor ne devait point venir ce soir-là. Tout en échangeant des badinages sur l'air mé-

lancolique du fiancé, il vit bientôt entrer un
valet qui s'approcha pour parler à sa maîtresse.
Au geste qu'elle fit, il devina l'arrivée de la
lettre.

— C'est bien, dit-elle, répondez que je viens
à l'instant.

Et, s'excusant auprès de la comtesse de M...
qui lui parlait:

— Ma pauvre enfant est réveillée, ajouta-t-elle,
je cours auprès d'elle... Vous me pardonnez,
n'est-ce-pas ?

Elle sortit. Une minute s'était à peine écoulée
que le baron Sauvageot fut appelé à son tour,
ainsi que M. Arthur Verdier. Jean n'eut point
de peine à s'imaginer la scène qui se passait
entre eux. N'ayant rien autre à faire, il écouta les
propos ; l'indisposition de mademoiselle Jeanne
Runières était trop plausible pour que l'on glo-
sât sur un incident aussi naturel. Quelques amis
pourtant de M. Verdier, que son bonheur rendait
envieux peut-être, prenaient plaisir à railler sa
déconvenue. Jean d'Erneau en était là de ses
observations, quand il vit reparaître le baron
Sauvageot, qui lui glissa ces quelques mots à
l'oreille :

— Viens, sans en avoir l'air, me rejoindre à l'instant.

En filleul obéissant, Jean ne répondit que par un signe. Il laissa disparaître son parrain qui, dès qu'il furent hors du salon, l'emmena vivement vers un boudoir écarté, où il trouva madame Runières et son futur gendre assis tous deux sur un divan, dans une attitude de foudroyés.

— Qu'arrive-t-il ? demanda-t-il en entrant, mademoiselle Jeanne serait-elle plus mal?..

— Ah ! il s'agit bien de cela ! dit le baron en se laissant tomber découragé sur un fauteuil... Mais, assieds-toi là, car nous avons tous les trois perdu la tête; nous avons besoin de ton habitude de décision prompte et de ton sang-froid.

— Parlez, vous m'effrayez! répondit Jean de cet air tranquille qui ne l'abandonnait jamais.

— Écoute, reprit son parrain, tu es comme de la famille, et nous pouvons nous fier à toi. — Jeanne n'est plus ici; elle s'est enfuie, on nous l'a enlevée !

— Que m'apprenez-vous là?

— Il faut que tu nous aides à la retrouver avant que cet esclandre soit connu.

— D'abord, les détails, dit Jean en l'interrompant... depuis quelle heure a-t-elle disparu?

La belle madame Runières eut tout raconté en
trois mots. — Sa malheureuse enfant égarée était
partie vers quatre heures avec sa gouvernante,
allant au bois. Là, comme de coutume, elle était
descendue de sa voiture pour marcher dans l'avenue de Madrid. Le cocher était rentré à huit heures,
ne l'ayant point revue. Enfin une lettre d'elle
venait d'être remise à l'hôtel, ne laissant plus de
doute sur sa fuite.

— Eh bien, rien n'est plus simple, dit Jean
d'Erneau avec le calme rassurant d'un homme
d'action, et, par bonheur, il est encore temps ! —
Selon toute probabilité, mademoiselle Jeanne est
en route pour l'Angleterre, pour la Suisse, ou pour
la Belgique, les frontières les plus faciles à gagner.
Or, sortie à quatre heures avec sa gouvernante,
elles ont dû attendre : aucun *express* ne partant
avant huit heures du soir. Il suffit de faire jouer
le télégraphe dans toutes les directions pour qu'on
les arrête au passage. Que madame Runières, qui,
seule, a qualité pour obtenir cet ordre, veuille
bien m'accompagner chez le préfet de police;

3.

avant une heure, M. Verdier et vous, vous l'aurez transmis à toutes les gares.

Dans un événement aussi critique, les instants étaient trop précieux pour que madame Runières s'embarrassât de son monde. Elle sonna, se fit apporter une pelisse qu'elle jeta sur ses belles épaules et, sans même ôter sa couronne de lilas, elle partit avec Jean, tandis que son frère et M. Arthur Verdier retournaient faire acte de présence dans les salons, jusqu'à son retour. — Une demi-heure plus tard, elle rentrait.

— Ma pauvre Jeanne m'inquiète beaucoup ! dit-elle, expliquant ainsi son absence prolongée.

Un signe au baron Sauvageot et à M. Verdier les avertit que Jean d'Erneau les attendait. Ils sortirent négligemment, chacun de son côté et, avant minuit, ordre était parvenu à toutes les frontières d'appréhender à leur sortie du wagon mademoiselle Jeanne Runières et sa gouvernante, que devait faire reconnaître un signalement précis.

Jean d'Erneau rentra chez lui, la conscience allégée des plus pressants tracas.

V

Cependant, de si peu de conséquence que parût à Jean l'escapade de mademoiselle Jeanne Runières, ou si indifférent qu'il lui fût d'y apporter son concours, il n'était point homme à se dissimuler les quelques inconvénients qui pouvaient résulter pour lui de cette affaire. Tout cela, en somme, ne le regardait pas, et, bien que le rôle de redresseur de torts ait toujours quelque attrait, il était trop dégagé des choses du romanesque pour s'éprendre tout à coup d'un accès de don quichottisme, à seule fin de protéger les amours du jeune Mauvert. Le lendemain, à son réveil, sa première pensée fut qu'il se trouvait avec la nièce de son parrain sur les bras,... ce qui déjà allait déranger sa journée avec lady O'Donor.

Pourtant, comme une fois en croupe sur un
dessein il ne permettait plus au souci de l'atteindre, il en eut bientôt pris son parti. Selon
sa coutume, il fit seller son cheval pour aller
faire un tour de bois ; en route, il poussa jusqu'à
Meudon, se disant que, après tout, il se pourrait
fort bien que, à cette heure, la fugitive eût des
regrets. Miss Clifford était là pour couvrir au
besoin son incartade d'un jour. Elle rentrait au
bercail, et tout était dit.

Mademoiselle Jeanne l'attendait avec une anxiété
vive. Il la trouva nerveuse, agitée, consternée de
sa fugue, d'une humeur d'enfant gâtée; tourmen-
tée de réflexions tardives, et presque prête à lui
reprocher de ne point l'avoir détournée de sa
résolution folle. Enchanté d'une telle disposition
d'esprit, Jean ne sourcilla pas plus que s'il eût
écouté curieusement le carillon d'une horloge
à musique. Comme, de son naturel, en aucune
circonstance, il ne prenait jamais par quatre che-
mins, lorsqu'elle eut épanché ses émois, il lui
proposa aimablement de la reconduire lui-même
à sa famille.

— Mais ne suis-je pas déjà perdue ? dit-elle
avec amertume.

— Non, en aucune façon, mademoiselle, sachez-le! répondit-il. Pour tout le monde, vous avez eu un accès de fièvre hier soir. Nul n'a pu soupçonner votre absence de l'hôtel. Madame votre mère vous attend et vous espère. Et ce n'est point monsieur Verdier, je vous le jure, qui sera le dernier à vous ouvrir ses bras.

— Mais je ne veux pas épouser cet homme, s'écria-t-elle.

— Ni moi non plus, mademoiselle! ajouta Jean, imperturbable. Aussi vous laisserai-je le soin de résoudre ce que vous me faites l'honneur de réclamer de moi. Quel que soit votre vœu, croyez à mon dévouement sincère.

Jean d'Erneau était terrible quand il se mettait à être logique. Il possédait surtout un art de réduire si bien les choses à leur expression la plus simple qu'une fois cantonné dans un argument, il n'était plus possible de l'en faire déloger. Mademoiselle Jeanne le comprit d'instinct, et, baissant la tête comme une écolière prise en faute, elle garda un moment le silence.

— Pardonnez-moi, dit-elle enfin; j'ai peur de ce que j'ai fait, vous devez le comprendre; j'ai peur de retourner chez ma mère, parce que, je le sens, je serais vaincue dans cette lutte. Eh bien, vous, je vous en supplie, ayez de la raison pour moi. Je vous jure de suivre vos conseils.

— Mais, pour que j'osasse vous donner un conseil, mademoiselle, il me faudrait tout savoir de vos sentiments, de vos secrets, de vos pensées intimes. Or, nous nous sommes si peu rencontrés !

— Interrogez-moi, et je vous répondrai comme à un ami.

Jean, surpris, la regarda dans les yeux.

— Oh ! comme à un ami, reprit-il, résolu à se tenir ferme, ce n'est pas assez. Il faudrait me répondre... comme à un frère.

— Eh bien ! oui, comme à un frère, dit-elle en lui tendant franchement la main. Et je vous remercie de ce mot. Maintenant parlez.

— D'abord, demanda-t-il, pourquoi m'avez-vous choisi, moi que vous connaissiez à peine, pour vous aider dans votre projet ?

— Parce que vous ne ressemblez pas à d'autres, et que, le peu de fois que je vous ai vu, vous m'avez parlé un langage que je n'ai entendu qu'à vous, qui m'a donné une meilleure idée de moi-même, et dont le souvenir m'a souvent soutenue

dans mes découragements; parce que je sais par
mon oncle ce que vous avez su faire de votre
vie ; parce que j'ai compris enfin que, seul peut-
être, vous aviez deviné que je cachais une douleur et que vous en aviez pitié. Vous voyez bien
que je ne pouvais m'adresser qu'à vous.

— Et si je vous disais de rentrer chez vous ?

— Je vous obéirais !.. Mais je sais que vous ne
direz pas cela

— Pourquoi ?

Mademoiselle Runières n'osa répondre.

— Vous le voyez bien, reprit Jean, j'avais raison, vous ne pouvez me parler comme à un frère.

— Vous me tourmentez ! dit-elle... Eh bien !
oui, c'est odieux, n'est-ce pas, étant ce que je
suis, de fuir la maison de ma mère et de l'abandonner ainsi ? — Ah ! je vous le jure, j'ai tout fait
pour l'aimer, comme j'aimais mon pauvre père.
Hélas ! à douze ans je la connaissais à peine, et,
lorsque à cet âge je sortis pour quelques mois de
mon couvent, je ne demandais qu'à lui ouvrir
mon cœur plein de tendresse, à la chérir, à la
consoler de la perte si cruelle dont j'avais peur
de la voir trop souffrir. — Mais monsieur Verdier
était là. — Et depuis lors, ajouta-t-elle tristement

en détournant les yeux, il m'a bien fallu comprendre que j'étais seule à me souvenir.

Malgré lui, Jean se sentit glisser ; à son tour il tendit sa main.

— Vous êtes une brave enfant, dit–il. — Voyons, essuyez vos yeux et causons, comme deux amis, de la résolution grave que vous prenez aujourd'hui. — Vous êtes cette fois bien décidée?

— Oui.

— Et vous avez réfléchi à l'éclat qui va forcé-. ment en résulter? — On vous calomniera, n'en doutez pas ; car, comme il vous faut disparaître jusqu'au jour de votre majorité sans que l'on sache ce que vous êtes devenue, le monde aura le champ libre à toutes les suppositions. Or, vous avez à peine vingt ans, et c'est plus d'une année de luttes contre l'autorité de votre mère, qui mettra certainement tout en œuvre pour découvrir votre retraite.

— Qu'importe ! dit mademoiselle Runières ; plutôt que la vie que je mène où que l'avenir que l'on me prépare, je subirai tout.

— Un dernier mot pourtant, ajouta-t-il. Votre mère sait-elle que vous aimez monsieur de Mauvert et que vous êtes engagée avec lui?

— Oui. Et je l'ai suppliée !

— Qu'a-t-elle dit ?

— Oh ! elle m'a démontré que je suis une folle et que monsieur Verdier seul peut faire mon bonheur.

— Elle est restée inflexible à toutes vos prières ?...

— Oui. Et même... devant des raisons que je croyais les plus puissantes sur elle.

— Quelles raisons ? demanda Jean.

Mademoiselle Jeanne ne répondit pas et détourna encore les yeux.

— Voyons, reprit-il, pour que je puisse vous protéger sûrement, il faut bien que je sache tout.

Elle hésita encore, il la pressa.

— Eh bien ! murmura-t-elle enfin, rougissante comme à un humiliant aveu, je lui ai offert la moitié de cette fortune que mon pauvre père, hélas ! m'a laissée tout entière.

— Innocente, dit Jean, vous êtes mineure. Elle savait bien qu'une telle offre ne signifiait rien.

A ce mot, qui résumait tout un drame étrange qu'il avait depuis longtemps deviné, Jean d'Erneau, malgré son flegme, ne put se défendre d'un léger sentiment d'estime pour ce coup de tête de fille qui attestait une énergie rare. Son goût pour l'*excentric* trouvait après tout dans une telle aventure une assez belle occasion de s'exercer.

— Alors, reprit-il cette fois décidé, il faudra donc, mademoiselle, que ce soit moi qui vous marie !

Cette conclusion formulée, il eut bientôt arrêté son plan. Il était évident que la dernière pensée de madame Runières serait de soupçonner sa fille aussi près de Paris. Il suffisait à cette heure de ne point commettre d'imprudence, en attendant qu'il eût pourvu à la sécurité d'une retraite qui pût offrir à la rigueur, aux yeux du monde, toutes les garanties de convenance que réclamaient l'état et le nom de mademoiselle Jeanne. L'asile d'un couvent écarté, comme prêtant trop de facilité aux recherches, et s'accommodant mal d'ailleurs à la petite tête indépendante de la jeune personne, il allait s'occuper de trouver tout simplement dans quelque coin isolé de la France une demeure où, très prudemment cachée, elle attendrait sous l'aile de miss Clifford le jour de sa majorité.

— Auriez-vous des objections contre la Normandie? demanda-t-il à tout hasard.

— Je me soumets d'avance à ce que vous déciderez.

Jean d'Erneau revint tranquillement par le bois, comme s'il eût employé sa matinée à cultiver son train hygiénique, et que l'enlèvement d'une fille en eût fait partie, fût-elle la nièce de son parrain. Sans plus se préoccuper des suites que pouvait amener cette affaire, tout en sifflotant faux le chant national américain, il eut bientôt combiné dans sa tête les menus arrangements que nécessitait pour lui ce nouvel incident imprévu de sa vie. Sérieux dans son emploi de ravisseur, il se mit à réfléchir que le climat de la Normandie était un peu bien froid pour la santé d'une fille élevée en serre chaude dans un hôtel parisien. Et cela le rendit d'autant plus songeur que, de trois années de guerre et de nuits passées au bivouac, il avait rapporté quelques rhumatismes qu'exaspérait parfois la fraîcheur du temps. Le midi d'ailleurs avait cet avantage d'une nature plus vivante et plus gaie, ce qui était d'un inexprimable attrait pour une imagination exaltée que la solitude allait replier sur elle-même. Un petit castel de Provence, qu'il pourrait surveiller de Nice et de Monaco, où lady O'Donor

parlait d'aller passer le prochain hiver, plairait
certainement beaucoup plus à mademoiselle Jeanne
qu'une triste habitation perdue dans les grèves...
Sur cette pente, il en vint à se rappeler que sa
mère habitait le département du Var. — Parbleu! se dit-il, voilà mon affaire! Je la dépose
dans le giron maternel comme une jeune Américaine dont la famille est absente pour quelques
mois. Mon parrain, qui n'a jamais remis les pieds
dans le pays depuis que ses électeurs ingrats
l'ont *dégommé*, n'ira jamais la chercher là! —
Ravi de son idée lumineuse, il résolut d'écrire
le jour même pour avertir sa mère de son retour,
dont il avait tout à fait oublié de lui faire part,
depuis sa dernière missive qui datait de trois ou
quatre ans.

Comme il arrivait chez lui, il trouva le baron
Sauvageot qui l'attendait, en donnant un coup
d'œil aux détails de l'écurie.

— Eh bien! avez-vous des nouvelles de votre
nièce? lui demanda Jean lorsqu'ils furent entrés.

— Aucune. Je viens de chez ma sœur;
elle est désolée. Les dépêches arrivées ce matin
au préfet ne révèlent rien du passage de deux
voyageuses ressemblant au signalement donné

d'une jeune fille accompagnée d'une gouvernante anglaise. Donc, elles ne sont point parties !

— Comment ? s'écria Jean, est-ce que les ordres ont été envoyés dans cette forme-là ?

— Sans doute ! N'avais-tu pas dit de les expédier ainsi ?

— Jamais de la vie ! — Mais, mon parrain, c'était élémentaire cela. — Quoi ! vous avez tous supposé que mademoiselle Runières tentait pareille escapade sans y être aidée par quelqu'un d'intéressé à rompre son mariage ?

— Tiens, en effet, reprit le baron en fronçant ses gros sourcils, ce que tu imagines là est assez probable. — Alors, que crois-tu ?

— Je crois tout simplement qu'un amoureux couple a passé la frontière, tandis que miss Clifford, partie par le même train, les suivait à distance, sans avoir l'air de les connaître.

— C'est vrai ! dit le parrain en se frappant le front. Que faire alors ?

— Dame, si mademoiselle Jeanne a un penchant secret, il me semble que madame Runières n'est point sans avoir eu quelque soupçon.

— C'est cela, s'écria le baron : Mauvert !... Il sera venu de Rome pour faire le coup !

— Eh bien, reprit Jean avec son flegme, puis-qu'il est là-bas à l'ambassade, rien de plus facile que de le retrouver. Et, en organisant autour de lui une surveillance active...

— Tu as raison, tout devient clair ! — Je cours chez ma sœur. Merci encore de ta conduite en toute cette triste affaire.

En prononçant ces mots, le baron Sauvageot se leva, et tendit avec effusion la main à son filleul.

— Du reste, ajouta Jean d'Erneau, vous savez, je ne hasarde là que des déductions logiques. Il se peut fort bien aussi que mademoiselle Runières n'ait point quitté Paris...

— Allons donc ! ce serait trop naïf !

Jean le reconduisit jusqu'au perron. Au mo-ment de le quitter :

— A propos de voyage, dit-il, d'ici trois ou quatre jours, j'irai faire un petit tour à Nice. Si vous veniez avec moi ?

— Impossible, mon cher, avec de telles com-plications sur les bras.

— En ce cas, adieu, si je ne vous vois qu'à mon retour.

Son parrain expédié, sans plus de remords,

Jean d'Erneau rentra dans son cabinet, et s'assit devant son bureau pour dépouiller sa correspondance du matin. Parmi les lettres déposées sur un plateau d'argent, il en avisa une, cachetée d'un grand sceau, qui lui venait d'Amérique. Aux timbres de la poste, il vit qu'elle lui avait été adressée de France, il y avait deux mois, et qu'elle lui était retournée par un de ses correspondants. Il l'ouvrit la première; elle était ainsi conçue :

« Grasse, 5 février.

» Monsieur Jean Derneau

» à l'Assomption (Paraguay).

» Monsieur, c'est avec le plus profond regret que j'ai l'honneur de remplir auprès de vous une pénible mission en vous informant de la mort de madame Marie-Séverine Derneau, votre mère, décédée hier, 4 février, en sa maison des Olivets. Par des circonstances toutes particulières, sa succession réclamant absolument votre présence, je viens vous prier de vouloir bien au plus tôt me faire part de vos intentions à ce sujet.

» Agréez, monsieur...

» EDME-ÉLOI CAVAILLON,

» notaire à Grasse (Var). »

—Voilà mes projets renversés, se dit-il avec ennui.

Pourtant il réfléchit bientôt que, après tout, par cet héritage, l'habitation lui restait, ce qui simplifiait déjà beaucoup les arrangements. La maison des Olivets, autant qu'il la pouvait retrouver dans ses souvenirs, située dans un endroit charmant, avait une aimable apparence de villa qui réjouirait les yeux de mademoiselle Jeanne. Le confort intérieur, y fût-il insuffisant, était chose facile à régler.

Jean avait pour habitude d'agir sans longs débats. La lettre du notaire exigeant une prompte réponse, après le retard qu'elle avait éprouvé, il résolut de partir le soir même. Mademoiselle Runières était à cette heure trop bien à l'abri de toute découverte pour qu'une absence de quelques jours pût être un péril. — Il retourna à Meudon porter à la fugitive les dernières nouvelles du baron Sauvageot, l'informa qu'il allait lui préparer une retraite assurée, et, pourvoyant d'ailleurs à toute éventualité imprévue, la laissa pour courir chez lady O'Donor qu'il convainquit sans peine de la nécessité d'une séparation, si pleinement justifiée par la lettre du notaire qu'il lui montra.

VI

Un voyage de vingt-quatre heures est tout juste une promenade pour un Américain. Le lendemain, Jean était à Grasse.

En route, il avait pu songer. Livré tout vif, dès son plus jeune âge, à l'isolement du collège, il avait compris vite à ses dépens que son plus sûr ami, c'était lui-même. Conscient plus tard de l'inutilité d'un bagage d'affections de famille qui eussent peut-être gêné son ami dans sa route, il s'était allégé d'un seul coup de tout ce que sa nature indépendante devait considérer comme superflu. Deux ou trois vacances passées aux Olivets l'avaient à peine lié avec sa mère, et ce décès inattendu, qui le faisait orphelin, n'éveillait pour lui d'autre idée qu'un règle-

4

ment de succession prévu dans le cours de ses
affaires.

Cependant, un point l'intriguait. — Parfois,
en son for intérieur, il s'était laissé aller à des
songeries sur la façon bizarre dont on l'avait
élevé, et bien qu'il s'en souciât comme d'un fétu,
il avait toujours flairé là quelque mystère. La lettre
de maître Cavaillon, en mentionnant que « *des
circonstances toutes particulières* » exigeaient sa
présence, le confirmait dans l'idée qu'il devait y
avoir, pour le moins, un secret dans les formalités à remplir au sujet de son héritage.

Arrivé à Grasse à neuf heures du soir, il envoya sa carte au notaire. Rendez-vous fut pris
pour le matin suivant.

Maître Cavaillon était un aimable homme de
soixante ans, armé de lunettes par-dessus lesquelles il regardait avec deux grands yeux ronds,
naïfs, curieux comme des yeux d'enfant. Petit,
replet comme un évêque, l'air doucement réjoui,
un bon sourire éclairait son visage sans nuire à
la gravité professionnelle. Tout en lui attirait la
confiance et commandait l'estime.

Jean, avec ses manières posées, avait naturellement un certain air de grandeur ; en le voyant

entrer dans son cabinet, le bon notaire, qui l'attendait, demeura un peu surpris.

— Monsieur d'Erneau ?.. dit-il, non sans quelque hésitation.

— Oui, monsieur, répondit Jean.

— Mais, Derneau, sans apostrophe, avec un grand D ?.. reprit le notaire, en tenant à la main la carte de visite qu'il avait reçue.

— Avec un grand D, monsieur ! répliqua Jean. La particule est une fantaisie douce d'un parrain que j'ai. Elle m'est restée du collège, par habitude prise.

— Parfait ! — Donc, vous venez pour la succession de madame Marie-Séverine Derneau ?

— Précisément, monsieur, et j'arrive de Paris, où votre lettre m'a rejoint, après avoir couru après moi jusqu'en Amérique... ce qui vous explique mon retard à vous répondre.

— Tiens, tiens, vous étiez de retour ! En tout cas, vous voici, c'est le principal. — Avez-vous vu monsieur votre père ?

Si flegmatique qu'il fût, Jean le regarda étonné.

— Mon père ! s'écria-t-il. — Quel père ?

— Dame, celui qui nous intéresse en votre affaire de succession ne peut être que monsieur

Marius Derneau, l'autre ne comptant pas... car, vous connaissez, je le pense, l'axiome de droit...

— *Pater is est quem nuptiæ demonstrant*, ajouta Jean d'Erneau, qui s'était bientôt remis, je connais cet axiome. — Je suis avocat, monsieur.

— Mes compliments, dit le notaire, avec un salut. Donc, vous n'ignorez pas que ledit sieur Marius Derneau doit intervenir, madame votre mère étant morte en puissance de mari...

— Je comprends très bien cela, monsieur, répliqua Jean d'un ton non moins ponctuel que celui de maître Cavaillon ; mais ce que je ne comprends pas du tout c'est que, ne me croyant plus aucun père, d'après votre dire, je me trouverais en avoir deux.

— Comment ! vous ne savez donc rien, monsieur, de votre situation de famille ?

— On m'a toujours dit que mon père était mort lorsque j'avais deux ans... Ne m'en étant jamais connu d'autre, vous me voyez donc très surpris de votre langage.

— Ah ! je vous demande vraiment mille pardons, monsieur ! reprit le notaire confus. Je vous jure que je n'avais aucunement l'idée que vous puissiez être dans l'ignorance de choses... que tout le monde ici...

— Mais ne vous excusez point, monsieur, répliqua Jean de son air le plus tranquille. Nous causons affaires, et je ne puis que vous remercier de m'éclairer aimablement sur les nécessités qu'elles comportent, aussi bien que sur des questions de famille qu'il faut bien, après tout, que j'aborde avec vous, puisqu'elles ont trait à mon héritage. — Reprenons donc, je vous prie, sans nous préoccuper de restrictions inutiles, et procédons par ordre. — Vous me faisiez l'honneur de m'apprendre que j'ai l'avantage de posséder deux pères : l'un, M. Marius Derneau que je croyais mort, et qui ne l'est pas, dites-vous.

— Je le suppose, du moins, s'empressa d'ajouter maître Cavaillon, qui avait déjà repris son sourire, car son acte de décès n'est jamais parvenu à madame votre mère.

— Fort bien !.. Et mon autre père, quel est-il ?

— Dame, monsieur, répondit en hésitant le notaire, évidemment interloqué de cet air dégagé, je ne pourrais, en vérité, sur ce point, vous répondre que par des... suppositions... assez pro-

4.

bantes... il faut bien le dire... que l'on a faites autrefois dans le pays, mais qui cependant n'ont que le caractère de toute suspicion de ce genre...

— Sans aucun doute, reprit Jean, et j'apprécie cette réserve discrète. A tout prendre pourtant, votre confidence éveillant mes souvenirs, je ne serais pas très éloigné de me ranger moi-même à cette opinion qu'il pourrait y avoir là en effet quelque mystère... Mon second père ne serait-il pas, par hasard, le baron Sauvageot?

— Hum ! fit le notaire un peu hésitant... C'est du moins lui, monsieur, que je vous aurais nommé, d'après les circonstances qui ont accrédité ce bruit.

— Vous ne voyez pas d'inconvénient à me les raconter, ces circonstances ?

— En aucune façon, monsieur. Elles ne peuvent que servir à vous guider dans cette affaire... Et je puis même ajouter que je suis seul à les bien connaître, votre père légal ne les ayant confiées qu'à moi.

— Je vous écoute, monsieur.

Maître Cavaillon fit alors le récit suivant, dont nous résumons les éléments principaux.

Les Derneau, de père en fils, étaient fermiers

des Olivets, ce qui explique qu'à vingt-cinq ans,
Marius, le père de Jean, administrait le superbe
domaine du général baron Sauvageot. Garçon solide,
intelligent, tête provençale et cœur chaud, Marius
avait été presque élevé au château, pour servir
de compagnon de jeux au jeune baron Césaire.
Il en était résulté une de ces camaraderies de fils
de fermier à fils de maître qui s'était naturellement changée chez l'inférieur en un aveugle dévouement. Devenu majeur, le jeune Sauvageot,
déjà riche du bien de sa mère qu'il avait perdue,
s'en était allé à Paris. Il n'avait plus dès lors fait
en Provence que de courtes apparitions, quand,
à la mort de son père, il fut contraint d'y venir
passer quelques semaines. Marius Derneau était
marié depuis trois mois à une jolie fille du pays
qu'il adorait. Comme il était à prévoir, le baron
Césaire, accueilli avec effusion par l'heureux ménage, visita souvent la ferme, et il ne se passa
bientôt guère de jours sans qu'il y parût. Marius
était au comble de la joie. Par disgrâce, le baron
repartit. Mais, rappelé à Grasse l'hiver suivant
par les soucis d'un procès, il s'établit cette fois
aux Olivets. L'installation rustique était trop
commode pour qu'il n'en profitât point à chacun

de ses voyages. Il s'accoutuma bientôt à revenir chaque mois consacrer quelques jours aux soins de ses affaires.

Ce commerce d'amitié durait depuis deux ans, au grand contentement de Marius, à qui tout souriait. Un enfant lui était né, son ami Césaire avait voulu en être le parrain ; et, comme cadeau de baptême à son filleul, il avait renouvelé le bail de la ferme, à des conditions de redevances réduites presque d'un tiers, alors que le rendement supérieur des terres, améliorées depuis quinze ans, eût dû faire prévoir au contraire une formidable augmentation... L'exploitation des Olivets devenait une fortune ; des travaux de drainage allaient en accroître l'importance. Marius travaillait avec ce courage doublé d'intelligence qui est le nerf de toute grande entreprise, et réussissait au delà de ses espérances, lorsque le plus horrible malheur vint s'abattre sur lui.

Bien qu'il fût tout naturel que le baron Césaire, qui ne paraissait jamais que pour quelques jours, préférât l'habitation de sa ferme à celle de son château, la fréquence de ses apparitions avait bientôt fait jaser le pays. La fière Séverine, la femme de son ami Marius, était d'une beauté rare, un peu coquette, et d'humeur provocante ; ses airs de dame lui valurent d'abord des quolibets qui se changèrent aisément en bruits fâcheux sur ses relations avec le jeune Sauvageot. — Un soir, Marius, rentrant après une longue journée passée loin de chez lui, s'était arrêté au village ; pendant qu'il donnait quelques ordres à ses gens, l'un d'eux, assez mauvais sujet qu'il avait renvoyé la veille, se mit à ricaner à l'écart en l'entendant annoncer aux autres qu'il les rejoindrait dès l'aube au champ des Sources, un des plus éloignés de la ferme. Le maître des Olivets n'était pas patient ; marchant droit au ricaneur, il lui demanda ce que signifiait son air de gouaillerie.

— Eh ! bien, répondit l'homme, cela signifie que, de bonne heure, vous laisserez la place à monsieur le baron, voilà tout.

Il n'avait pas articulé le dernier mot que Marius avait bondi sur lui, le saisissant à la gorge, et l'on eut peine à l'arracher de ses mains.

Il est de ces coups qui frappent en plein cœur, fussent-ils dirigés par la plus abjecte perfidie. Marius revint chez lui dans un état d'exaspération qui touchait au délire. Soupçonner sa

femme, et surtout celui que, dans son dévouement, il aimait à l'égal d'un frère, un ami d'enfance qui l'avait comblé, et pour lequel il eût
donné avec joie le plus pur de son sang!.. Une
pareille infamie était tellement stupide qu'elle en
devenait absurde à force de lâcheté. Mais, si
confiant de cœur qu'il voulût être, sous l'obses-
sion d'une idée trop cruelle, le pauvre Marius
observa malgré lui. — Un mois plus tard, il ne
doutait plus; l'homme avait dit la vérité : sa
femme le trompait, et le baron Césaire était son
amant.

Il y eut alors un drame effrayant entre ces
deux misérables, enhardis par une confiance
aveugle, et ce mari qui les épiait. Trois fois ils
furent au bout de son fusil; mais, chaque fois, le
malheureux sentit défaillir son courage. Il les
avait tant aimés!.. Enfin, tourmenté de cet horrible rêve qu'un jour peut-être, succombant à sa
rage, il les tuerait tous les deux, il se décida à
s'enfuir, n'emportant de son bonheur perdu que
son enfant qu'il adorait. — Mais alors une
affreuse pensée lui surgit tout à coup. — Si son
enfant n'était pas même de lui?.. Terrifié d'un
tel doute, il ne songea plus qu'à s'assurer si du

moins un dernier espoir lui restait. Il médita son projet ; puis, un jour, annonçant un voyage d'affaires imprévues qui devait le retenir jusqu'au surlendemain, il quitta les Olivets. Parti le soir, laissant les amants sans défiance, il se cacha aux environs, attendant l'heure. Au milieu de la nuit, il revint à sa maison, ouvrit la porte sans bruit, et monta à la chambre de Séverine. La chambre était vide. Il se rendit alors à l'appartement de Césaire Sauvageot, qui occupait une aile de la maison, luxueusement aménagée avec des meubles apportés du château. Là, armé d'une double clef qu'il avait fabriquée lui-même au moyen d'une empreinte, il entra dans l'obscurité, alluma une bougie, et marcha droit vers une seconde pièce où couchait le baron. Y ayant pénétré, il les trouva endormis... Marius les réveilla. A sa vue, ils jetèrent un cri.

— Silence ! dit-il d'une voix brève, les gens ne doivent rien entendre de ce qui va se passer ici !

Sur ces mots, il déposa froidement des pistolets qu'il tenait à la main, et s'adressant à l'amant.

— Allons, levez-vous, et allez m'attendre là, ajouta-t-il en lui désignant la chambre voisine.

J'ai d'abord à parler à ma femme. Ensuite j'irai
vous retrouver.

Le jeune baron Césaire n'était pas naturellement brave. Tremblant sous ce regard qui l'écra-
sait, il obéit avec tant de hâte, oubliant si bien
sa complice, en son épouvante folle, que la malheureuse se sentit perdue.

— Césaire ! s'écria-t-elle imprudemment.

—· J'ai dit : Silence ! répéta Marius.

Et, poussant le baron vers la porte d'un cabinet de toilette, il l'y fit entrer et l'enferma en
tirant un verrou. — Il revint alors à Séverine.

— Mon Dieu ! bégaya-t-elle, est-ce que tu vas
me tuer ?

— Nous allons voir, dit Marius. Pas de gémis-
sements inutiles, et réponds-moi. — De qui est
notre enfant ?

Demi-nue, assise sur le lit, les traits convulsés,
elle le regardait dans un tel paroxysme de terreur
qu'il vit qu'elle ne l'entendait même pas.

— Écoute, reprit-il, si tu tiens à ta vie,
comprends-moi bien, car c'est ta seule chance de
te sauver. — Il faut que je sache si mon enfant
est de moi... et, pour cela, tu vas me révéler
depuis quand Césaire est ton amant. Lorsque tu

auras parlé, j'irai l'interroger : s'il me dit la même date que toi, je vous laisse vivre ; si sa réponse ne s'accorde pas avec la tienne, je vous tue tous les deux. — Maintenant réfléchis, j'attends !

Séverine respira ; elle connaissait Marius, elle ne doutait point un instant que, ce qu'il avait résolu, il le ferait. Elle connaissait aussi trop bien le baron Césaire pour n'être point certaine que, devant une telle menace, il avouerait tout, comme elle. Elle entrevit l'impunité.

— C'est depuis deux ans, dit-elle avec assurance.

— Quelques mois après notre mariage, alors ? demanda-t-il sans marquer le moindre étonnement.

— Oui.

— A ses premiers voyages, sans doute ?

— Au second.

— C'est bien ! — A son tour, maintenant ! ajouta Marius en se dirigeant vers l'autre pièce.

En le voyant entrer, Césaire Sauvageot crut sa dernière heure venue ; mais il se remit un peu en remarquant que Marius n'était plus armé. Quoique tremblant encore de tous ses membres, il

5

essaya de prendre une contenance moins piteuse.

— Je suis à vos ordres, se hasarda-t-il à mur-
murer.

A cette phrase banale, Marius ne put réprimer
un geste de colère ; mais s'apaisant aussitôt :

— Regardez-moi donc en face, dit-il. Est-ce
que vous croyez que j'en doute ?

L'entretien ne fut pas long. — Les paroles du
mari furent aussi décisives pour l'amant que pour
la maîtresse. Le baron n'hésita pas plus qu'elle ; sa
réponse, par bonheur pour lui, confirma ce qu'elle
avait déjà avoué. —Marius sortit alors, passa par
la chambre où, palpitante, attendait Séverine, et,
sans même se retourner vers elle, il s'en alla les
laissant tous deux.

L'infortuné, comme toutes les natures simples
et vraies, aimait son enfant. Il venait d'acquérir
la preuve qu'il était peut-être le fils de l'autre. —
Sa résolution fut bientôt arrêtée. — Descendant
l'escalier comme un homme ivre, il entra dans une
pièce qui lui servait de bureau, rassembla à la
hâte ses papiers et ses livres, qu'il boucla dans une
malle. — Au point du jour, il les remettait aux
mains de maître Cavaillon, en lui confiant ce qui

venait d'arriver. Abondonnant tout, et n'emportant de sa ferme que les habits qui le couvraient, il le chargea de rendre ses comptes au baron. Depuis lors, on ne l'avait jamais revu.

Tel fut le récit du bon notaire. Jean d'Erneau l'avait écouté avec beaucoup d'intérêt, et plusieurs fois même avait marqué sa satisfaction par des hochements de tête approbatifs. Quand la péroraison fut achevée, il complimenta courtoisement le narrateur.

— Cette histoire est tout à fait intéressante, monsieur, dit-il, et vous la contez vraiment fort bien.

A cet éloge, maître Cavaillon répondit par un salut de remerciement.

— Pour la résumer, cependant, ajouta d'Erneau, il en ressort évidemment que nous n'avons sur cette question de double paternité que des données en effet très vagues.

— Il pourrait y avoir la voix du sang... hasarda le notaire.

— Peuh! c'est bien subtil!.. Mais, la chose en soi étant fort indifférente et du domaine particulier du sentiment, il nous reste uniquement à traiter le point légal du *quem nuptiæ demonstrant*.

— Où est mon père Marius Derneau, qui seul nous est indispensable ?

— Ma foi ! monsieur, je l'ignore, car on n'en a plus jamais entendu reparler, sauf, il y a une douzaine d'années, par un cousin qui habitait alors Toulon et qui avait gardé quelques relations avec lui. — M. le baron à cette époque vendant ses terres et quittant définitivement le pays, madame votre mère acheta les Olivets. Il fallut alors une autorisation de son mari, qui l'envoya du reste en blanc par l'entremise de ce parent.

— Et mon cousin, vit-il toujours ?

— Je le crois, monsieur. Seulement je vous avouerai que j'ai la certitude qu'on ne saurait rien par lui. Je lui ai écrit trois fois, il ne m'a point répondu.

— A combien se monte l'héritage de ma mère? demanda Jean en mordillant la pomme de sa canne.

— A six cent mille francs environ, répondit le notaire.

— Bon ! — J'irai voir le cousin.

Ces préliminaires posés, Jean d'Erneau s'occupa aussitôt du principal motif qui l'avait amené : à savoir, une installation pour mademoiselle Jeanne Runières. Il pria maître Cavaillon de lui faire visiter les Olivets; rien ne l'empêchant de s'y établir, il ne cacha point son intention de prêter cette demeure à une jeune dame américaine de ses amies, précisément la fille de son associé du Paraguay qui lui avait fait parvenir sa lettre. — Quelques heures plus tard, Jean revoyait son nid, tout émerveillé de le trouver si duveté. La maison même était si fort changée, depuis son enfance, qu'il eut peine à la reconnaître dans cette villa charmante, où se devinait encore sans peine l'empreinte du goût parfait de son parrain. — Il ne put se défendre de féliciter rétrospectivement sa mère de l'avoir entretenue avec un pareil soin. Mademoiselle Jeanne serait là au comble de ses vœux. Ses dispositions furent bientôt prises. — Après une dernière entrevue avec le bon notaire, renseigné sur son cousin autant qu'il pouvait l'être, il repartit le soir même pour Toulon, où il arrivait le matin.

Le parent de Marius était un Derneau, propriétaire d'un hôtel de second ordre sur le port. Jean descendit chez lui et, la reconnaissance faite, il aborda sans ambages la question qui l'amenait. — Dès les premiers mots sur son père, il comprit que le cousin se tenait sur la défensive et ne

voulait effectivement rien dire. — Mais Jean savait
trouver les joints de toutes les armures. En dé-
jeunant avec ce nouveau parent, qu'il avait invité,
il parla très négligemment du chiffre de l'héritage,
lequel, à défaut de son père et de lui, pouvait
fort bien un jour revenir à des collatéraux.

Avant la fin du dessert, il apprenait que Marius
Derneau était depuis vingt-cinq ans en Bretagne.
— Il habitait le village de Cardec, aux environs de
Quimper ; le cousin n'en savait point davantage.

VII

En revenant à Paris, Jean d'Erneau se mit à
ratiociner sur ses propres affaires. — Avouons-le,
sans oser l'en blâmer, son étoile, cette fois, lui
semblait un peu bien vagabonde, et ce n'était
pas sans quelque désarroi qu'il la voyait tout à
coup s'engager dans un orbe écliptique aussi complétement imprévu. — Si flegmatique qu'il fût,
l'adjonction brusque de deux pères, dans le courant de ses habitudes, altérait malgré lui l'équilibre
parfait de ses idées sur ces conventions vulgaires
dont, avec une si belle désinvolture, il avait jusqu'alors secoué le joug. Accoutumé à un isolement
dans lequel il avait pu se croire absolument sans
famille, et dans les ardeurs de cette lutte où
son indépendance de cœur l'avait si bien se-

condé, il ne s'était jamais amolli en des pensées
troublantes, qui l'eussent peut-être attardé dans
sa route. Cependant, à cette heure de halte, après
le cours agité de sa vie, en possession d'une
fortune et son but atteint, il sentait vaguement s'éveiller en lui une sorte de curiosité.

L'histoire du notaire lui revenait à l'esprit
comme un bizarre roman qu'il eût négligemment
feuilleté. Et, comme s'il se fût agi d'un autre,
il se représentait ce drame étrange autour de
son berceau. Il croyait se revoir, inconscient témoin de ce conflit terrible où se jouait sa destinée. Au fond de ses souvenirs, il retrouvait sa
mère, pendant les rares fois qu'il l'avait visitée,
et, quoiqu'il ne se sentît pas très ému par ces
rappels qui ne l'avaient jamais rendu rêveur, il ne
pouvait se défendre d'un certain retour sur cette
hardiesse d'abandon qu'il avait à lui reprocher.

— C'était décidément une femme de beaucoup
de tête! se dit-il philosophiquement. — Puis,
une fois dans ses déductions, il en arrivait forcément à cette énigme que maître Cavaillon, en
sa simplesse ingénue, lui avait posée presque
avec un effroi comique qui l'avait fait sourire.

— Fils de Marius où de Césaire, avec les idées de

Jean d'Erneau, c'était tout un. La possession d'un père lui semblait d'ailleurs une de ces vanités trop inutiles à l'arrangement de sa vie pour qu'il se préoccupât autrement d'approfondir ce mystère. Néanmoins, sans recourir à la fameuse voix du sang, il eût parié d'emblée pour le baron. — Épris de la science moderne, Jean avait lu Darwin et, le système de l'hérédité confirmant la sélection, il ne pouvait douter d'une noble origine où son caractère trouvait une si juste explication. Il n'avait rien, à coup sûr, de ce fermier débonnaire, dont le sentimentalisme champêtre s'était fourvoyé entre deux natures de cette force, qui devaient le briser comme un verre au premier choc de leur rencontre, et, malgré les instincts démocratiques qui formaient la base la plus sérieuse de son tempérament, Jean se sentait en vérité trop supérieur pour admettre un instant ce paysan du Var comme un appoint appréciable dans l'important problème de son entrée en ce monde.—Il advint cependant que, se résumant à part lui cette situation nouvelle, il se prit à songer qu'il y avait tout au moins une question de convenance, à ne tenir aucun compte des révélations toutes particulières qui lui avaient été faites, pour rester dans la régularité des habitudes reçues de n'avoir qu'un seul père. Fermement résolu, en homme d'ordre, à ne point s'écarter des usages, il décida comme plus commode de ne point modifier ses sentiments pour son parrain, et de ne lui permettre en aucune façon surtout de sortir d'une réserve que, dans les circonstances présentes, il allait peut-être tenter de franchir.

Ce fut dans ces dispositions d'esprit qu'il arriva à Paris, assez préoccupé de l'idée qu'il lui fallait encore repartir à la recherche d'un auteur légal de ses jours. Tout cela gênait singulièrement les affaires de mademoiselle Jeanne, et il ne pouvait se dissimuler qu'il la laissait un peu bien exposée sans lui.

Au débotté, son premier soin fut de courir à Meudon. — Rien n'avait inquiété sa protégée, et il la trouva cette fois calme comme une fille de tête ayant pris vaillamment son parti.

— Votre goût pour les décisions nettes m'a gagnée, lui dit-elle, et vous me verrez maintenant résolue à adopter bravement toutes les mesures que vous prendrez, dans l'arrangement de ma vie. — Seulement, ne me laissez pas trop seule avec moi-même, et tâchez que je ne pense pas trop.

Une idée vint à Jean d'Erneau.

— Vous plairait-il, par ce beau temps d'avril, de faire un petit voyage en Bretagne? demanda-t-il tranquillement; j'y ai quelque affaire, et, avec de très faciles précautions, je me charge de vous y promener sans péril avec miss Clifford.

— Puisque vous vous en chargez, partons! Quand dois-je me tenir prête? ajouta-t-elle.

— Vous plairait-il demain?

— Demain, soit!

— Eh bien! nous partirons le soir, avec ma voiture, pour éviter toute mauvaise rencontre de jour, en chemin de fer. — Nous irons jusqu'à Rambouillet, où nous prendrons le train de nuit jusqu'à Quimper... Est-ce dit?

— C'est dit!

— Cette fille a du sang de sa mère dans les veines et n'est pas une poupée, pensa-t-il en la quittant. — Le pauvre Arthur Verdier peut en faire son deuil!

Une heure plus tard, il faisait son entrée chez son parrain...

— Tiens, c'est toi, s'écria le baron, qui lui ouvrit ses bras.

— J'arrive de Grasse, répondit Jean, esquivant l'accolade pour se jeter dans un fauteuil, comme s'il eût fait la route à pied.

— Tu viens de Grasse ? dit le parrain, surpris.

— Oui.

— Tu as vu ta mère, alors ?...

— Non ! mais j'ai vu le notaire... pour conférer avec lui au sujet de l'héritage qu'elle me laisse.

— Comment ?... Elle est morte ?...

— Il paraît, dit Jean. — Vous savez... vous ne m'avez pas laissé beaucoup la connaître. — On aura oublié de vous avertir.

A ces mots, le baron soupçonna que l'héritier revenait certainement édifié sur bien des choses. Il eut un moment d'embarras.

— Ah ! elle est morte... répéta-t-il, cherchant à rencontrer le regard de son filleul, qui s'occupait à choisir un cigare dans une boîte placée près de lui.

— Est-ce drôle, mon cher baron, reprit Jean, que l'on ne puisse trouver chez vous rien d'honnête à fumer, à moins que l'on ne vous demande d'ouvrir votre tiroir privé. C'est d'un genre crasse qui n'a pas de nom !

— Tu sais bien que cela, c'est pour les amis, dit naïvement le parrain en apportant une autre boîte.

— Cela ne fait pas plus votre éloge que le leur !.. Eh bien, et votre nièce, à propos?..

— Aucune nouvelle ; ma sœur et Verdier partent ce soir pour Rome.

Jean d'Erneau ne répondit rien ; le baron le considérait toujours comme pour scruter sa pensée.

— Enfin !... Et ce notaire? Qu'est-ce qu'il t'a dit ? demanda-t-il au bout d'un instant, et non sans quelque hésitation.

— Peuh ! il m'a raconté toute sorte d'histoires qu'il fallait bien que j'apprisse. — Cela ne manque pas d'être un peu compliqué, ajouta-t-il en allumant son cigare.

Le baron devint de plus en plus pensif. Enfin, il se hasarda.

— Et ton... et Marius? reprit-il, est-ce qu'il vit toujours?

— Ça, c'est le plus obscur mystère. — Il va falloir faire des fouilles pour le retrouver.

Le ton qui accompagna ces paroles convainquit le baron que son filleul savait tout. Il prit un air attendri.

— Voyons, Jean, mon enfant, insinua-t-il avec prudence, je conçois, je devine ce qui se passe dans ton cœur. C'est certainement, malgré tout, un grand ennui... c'est-à-dire un grand chagrin de perdre sa mère... Mais c'est aussi une consolation de penser à ceux qui nous restent... Tu sais que j'ai pour toi des... des sentiments,... hum !... un intérêt dont mon intention a toujours été de... te donner des preuves. Je suis resté garçon, et tu ne doutes pas qu'un jour... Enfin, j'ai élevé ton enfance, et j'ai essayé du moins de remplacer pour toi des affections....

— Mais, mon cher baron, répliqua d'Erneau, voyant qu'il s'embrouillait dans sa phrase, je n'ai jamais douté de vos bonnes dispositions à mon égard, et, si peu que nous soyons liés par une attache toute spirituelle qui nous laisse parfaitement libres, chacun de notre côté, croyez que, quant à moi, je verrai toujours en vous plus qu'un étranger.

Arrêté si brusquement sur la pente de l'effusion, le baron Sauvageot demeura un peu interdit.

Il crut que Jean hésitait à le comprendre, il voulut l'encourager.

— Enfin, ajouta-t-il, j'ai un nom, une position dans le monde, et certainement cela peut te servir, au cas où ta propre situation exigerait l'appui d'une famille... Et je serais heureux, entends-moi bien, car je ne veux pas que tu l'ignores, de déclarer moi-même....

— C'est entendu, mon cher baron, interrompit Jean en lui prenant la main ; comme par le passé, vous proclamerez que je suis votre filleul.

— C'est dit !

Et, se levant sur ces mots, il prit congé de son parrain, le laissant assez déconfit.

Là-dessus, il s'en alla faire une visite à lady O'Donor, que l'annonce d'un nouveau départ désola.

VIII

Les gens occupés ont cela de bon, que c'est vraiment pour eux que le temps a des ailes. — Lorsque Jean revint chez lui, il se rappela qu'il y avait juste huit jours, à la même heure, qu'il avait quitté son hôtel avec mademoiselle Jeanne Runières, et que, depuis cette heure-là, il n'y était rentré que pour prendre son bagage, faire cinq cents lieues, courir à la recherche d'une maison sûre, à l'abri de toute surprise ou de tout danger d'une rencontre indiscrète, et la faire préparer pour un séjour d'un an. Bien que cet engrenage l'eût occasionnellement servi, en amenant une visite au notaire, à laquelle il lui eût fallu se décider tôt ou tard, — ce qui, entre temps, lui procurait deux pères, — il ne put se défendre de songer que le coup de tête de mademoiselle Jeanne avait quelque peu altéré déjà, dans son cours, le fleuve paisible de sa vie, et ce fut avec une satisfaction vive qu'il revit son *home*, avec tout un jour devant lui pour mettre ses affaires en ordre, et s'occuper de sa correspondance attardée.

.L'important pour lui, c'est qu'il avait déjà résolu du moins la principale difficulté de sa tâche, en trouvant juste à point dans les Olivets une habitation rêvée ; il ne s'agissait plus que de découvrir Marius Derneau pour s'en assurer la possession prompte. Après quoi, la fugitive installée, il était délivré de tout souci sur cette folle entreprise, qu'il aurait eu l'avantage de mener de front avec ses propres intérêts d'héritage.

Ce fut donc fort allégé que, le lendemain, il arriva à Meudon. — Mademoiselle Runières l'attendait avec miss Clifford. Toutes les précautions étaient prises, ils partirent en voiture. A Saint-Cyr, Jean avait envoyé, dès la veille, un relais de deux bons chevaux, pour gagner Rambouillet, où, vers neuf heures, ils prenaient le train de nuit dans un coupé réservé, commandé d'avance à Paris pour cette station.

Au matin, après avoir traversé Quimper, ils arrivaient à Fouesnant.

— Oh ! l'adorable pays ! s'écria mademoiselle Jeanne. — Vous êtes un enchanteur pour avoir découvert cela !

Il est en effet peu de sites comparables à ce village perdu, enfoui presque en plein bois sur la côte de Bretagne, comme un nid solitaire, à l'abri du vent des grèves.

— Je n'ai rien découvert du tout, mademoiselle, reprit Jean, si ce n'est un point sur la carte, qui m'a paru pittoresque, et surtout assez à l'écart de toute route pour n'y point craindre les passants.

Mais, une fois à Fouesnant, la difficulté était de trouver un logis. L'étoile de Jean d'Erneau le servit. Après une demi-heure de recherches, il casait mademoiselle Jeanne et sa gouvernante chez la veuve d'un officier qui habitait une sorte de villa, bâtie par un Anglais. La bonne dame cédait une partie de sa demeure, et se chargeait de pourvoir à tout.

— Enfin ! je vais donc marcher, courir hors des murs d'un jardin, dit mademoiselle Jeanne, qu'une longue réclusion d'une semaine avait déjà fatiguée.

Jean s'installa dans l'auberge du lieu. Après y avoir déjeuné, il rejoignit ses amies, décidément déguisées sous le nom de madame Humphry et sa nièce. — Ils partirent tous trois pour descendre à la mer.

Il faisait une de ces belles journées ensoleillées qui semblent une ivresse du renouveau. Mademoiselle Jeanne ne se sentait pas de joie.

— Vous vous étonnez de me voir presque heureuse, dit-elle à Jean. — Hélas ! il est si bon de respirer à l'aise, sans l'oppression cruelle que je portais en moi depuis que je comprends la vie !

Ils causèrent tout le long de la route. Peu assidu chez madame Runières, nous l'avons dit déjà, Jean n'y avait rencontré l'héritière que de rares fois, à ses sorties du couvent, et, dans l'étrange hasard où les avait jetés cette fugue hardie, bien que l'enlèvement de mademoiselle Jeanne datât d'au moins dix jours, il l'avait à peine vue le temps nécessaire pour aviser aux soins les plus pressants de ce rôle de ravisseur qui lui tombait du ciel. — Délivrés de toute crainte, et protégés par la présence de miss Clifford, qui suivait à quelques pas, en gouvernante discrète, il se mirent à faire connaissance.

Jean n'était point pourvu de beaucoup de
candeur ; cependant il avait dans l'esprit une
sorte de grâce d'état qui se pliait sans difficulté à toutes circonstances, fussent-elles futiles.
En amateur, il apportait même parfois un
certain goût curieux à écouter sérieusement les
naïfs propos de jeunes filles, et ces échappées de
sceptique dans les régions de l'innocence n'étaient
point sans attrait pour lui. Il n'eut pas besoin
de longs détours pour pénétrer du premier coup
le caractère de mademoiselle Jeanne ; il fut assez
satisfait de ce qu'il y découvrit. — Imagination
vive et dévorante, elle avait cette heureuse spon-
tanéité d'impressions des natures bien douées qui
tournent bien ou mal, selon le milieu où elles se
meuvent. Les adulations que devait susciter
autour d'elle son titre connu de superbe héritière, et les flatteries intéressées de sa mère
l'avaient rendue volontaire et fantasque comme
une enfant gâtée ; mais son cœur, tourmenté par
un amer chagrin dont elle souffrait en silence,
était resté sincère et bon. Repliée sur elle-même,
elle avait vécu seule avec ses pensées ; libre de
cultiver son intelligence à sa guise, un naturel
instinct d'orgueil lui avait fait dépasser le niveau

d'études ordinaire aux couvents. — Tandis qu'elle
le regardait de ses grands yeux presque hardis,
parlant d'abondance comme si elle se fût rattra-
pée d'un mutisme de huit jours, Jean était tout
surpris d'un langage où l'ingénuité se mêlait aux
aperçus d'une jeune raison droite que la réflexion
a mûrie. Remarquant bientôt l'étonnement qu'elle
lui causait, elle s'arrêta un peu confuse.

— Il ne faut pas trop m'en vouloir si je
bavarde ainsi, ajouta-t-elle, il y a si longtemps que
je renferme tout, faute d'un ami à qui j'ose me
confier et me laisser voir telle que je suis ! — Sépa-
rez dans tout cela le bien du mal, et faites-moi meilleure, maintenant que vous êtes devenu mon guide.

— En vérité, mademoiselle, répondit Jean,
j'aurais peur de vous nuire en vous ôtant même
un défaut.

— Bon ! Ceci est un madrigal que vous fleurissez
aimablement. — Mais, d'abord, pourquoi m'appe-
lez-vous toujours : mademoiselle ? — Il faut changer cela, puisque nous voilà définitivement liés.

— Comment donc dirais-je ?

— Vous diriez : Jeanne, tout court. — Ce qui,
pour le monde, laisserait plus aisément croire
à quelque parenté.

— Et vous, comment diriez-vous ?

— Moi, c'est différent, répondit-elle un peu embarrassée, ma qualité de fille m'attache au rivage.

— C'est vrai, répliqua Jean.

— Pourtant, ajouta-t-elle avec une mine de regret, je comprends aussi que, lorsque vous êtes si généreux, si bon, il serait bien froid de vous traiter comme un de mes danseurs au cotillon... d'ailleurs vous ne dansez jamais, j'ai vu cela.

— En ce cas, que faire ? La familiarité ne peut exister entre nous que : donnant, donnant.

Elle parut réfléchir à la force de cet argument.

— Vous ne feriez pas une petite concession ?... demanda-t-elle d'un ton insinuant.

— Laquelle ? voyons...

— Eh bien ! répondit-elle, comme si elle eût reconnu les justes limites qu'elle pouvait franchir, moi, par exemple, je dirais : mon camarade. — Cela vous irait-il ?

— Parfaitement, répliqua Jean.

— Alors, c'est convenu ! — Commencez un peu, pour voir...

— Volontiers, ma chère Jeanne.

La gouvernante survenait sur ces mots.

Devant ce premier résultat d'une demi-heure
de causerie, elle demeura béante de surprise.

— Fermez la bouche, Clifford, dit mademoiselle Runières, mon camarade inaugure la forme
nouvelle de nos relations, voilà tout !

Si Jean d'Erneau eût été fat, ou moins solide
contre tout espèce de péril sentimental, il eût
été certes fort exposé à perdre de son flegme dans
une aussi originale aventure. Bien que mademoiselle Jeanne n'eût point en partage la célèbre beauté de sa mère, moins éclatante, elle
avait plus de charme, et l'on eût dit qu'elle
avait dépouillé les lignes sculpturales de la sta-
tue, pour en adoucir la grâce et l'animer d'un
souffle plus vivant. Les traits fins, de grands
yeux bruns aux regards profonds comme s'ils
fussent venus de son âme, un front intelligent
et pensif, couronné d'une abondante chevelure
châtain clair, où quelque mèche rebelle semblait
toujours protester contre le joug du peigne qui
rattachait son chignon. Grande, une taille de
jeune déesse, dont un buste bien formé faisait
ressortir le galbe; des pieds et des mains de
Parisienne. Tout en elle avait une sorte de
fierté juvénile, et cette élégance d'allures que

l'éducation développe autant que l'instinct de
race. Marchant le long du rivage, Jean se livrait
à ses réflexions d'artiste. — Étant donné un
camarade, il est certain qu'il le préférait
ainsi.

Il était impossible de rêver un lieu plus charmant pour y vivre caché. Jeanne, au bout- de
deux jours, parlait déjà d'acheter à sa majorité le
village, et les terres, et la grève. — Libre comme
l'air au milieu de ces bonnes gens de Bretagne
qui lui souriaient, elle se sentait si bien en
sûreté qu'elle n'admettait même plus que l'on
pût jamais s'aviser de soupçonner en sa personne une autre que mademoiselle Humphry,
citoyenne d'Amérique, voyageant avec sa tante.
— Elle imaginait déjà son roman pour l'avenir,
l'étonnement du pays lorsqu'elle y reviendrait
un jour comtesse de Mauvert. Ils bâtiraient un
château. — Jean écoutait ces résolutions exaltées,
qui simplifiaient beaucoup sa tâche. A défaut
des Olivets, Fouesnant serait, à la rigueur, un
endroit tout trouvé qui lui permettrait d'établir
la nièce de son parrain dans les meilleures
conditions de convenances, et sans qu'il fût
astreint à d'autre préoccupation que de veiller

de loin sur elle. C'était en somme plus près
de Paris.

— Eh bien ! si le pays vous plaît, lui dit-il
un soir, rien de plus simple que d'y chercher
une maison.

IX

Cependant, après deux ou trois jours employés en excursions, Jean songea à ses affaires.
Il s'agissait maintenant de trouver Marius Derneau. Le village de Cardec, indiqué par le cousin,
était à trois lieues de Fouesnant. Un matin, laissant mademoiselle Jeanne, et exactement renseigné
sur la route, il partit dans une carriole qu'il
conduisait lui-même. — Un porteur de bonnes
nouvelles est toujours le bienvenu. Tout en faisant trotter son cheval, il se représentait le singulier entretien qu'allait amener son entrevue
avec ce pauvre diable, qui, après tout, méritait
peut-être bien de lui quelques égards. Décidé à
offrir une part raisonnable des six cent mille
francs de son héritage, ce n'était même point

sans quelque satisfaction qu'il s'apprêtait à son rôle de réparateur providentiel des mésaventures occasionnées à son sujet par le baron Sauvageot. — Il assistait déjà en pensée à l'éblouissement fort naturel que ne pouvait manquer de produire une semblable fortune, versée tout à coup comme un baume sur de vieilles blessures sans doute dès longtemps oubliées. En somme, la démarche de Jean avait un côté si bizarre que, malgré son dégagement des préjugés, il se sentait en plein dans une conjoncture rare, d'un genre qu'il n'avait jamais prévu, ce qui l'amena à repenser à sa conduite envers son parrain. — A tout prendre, en repoussant des effusions paternelles qui s'étaient offertes à lui avec tant de candeur, il s'était montré un peu dur. Si étranger qu'il fût aux sentiments vulgaires, il se disait qu'en somme le pauvre baron n'était point un méchant homme, et qu'il avait eu là un bon mouvement dont son égoïsme sincère rehaussait énormément le prix. — Cet orgueil naïf de paternité extra-légale avait en soi quelque chose de si plaisant dans son cynisme dépourvu de tout voile, que Jean se prenait à sourire en y songeant. Avec ses libres idées, que lui importait, à lui, de donner

satisfaction à cette vanité douce, en se prêtant à
reconnaître entre eux l'apparence d'un titre
qui le gênait si peu ? — Après tout, c'était à
voir...

Arrivé vers midi au village de Cardec, il s'informa, sur la route, à un vieux Breton portant
besace, qui lui parut un colporteur.

— Marius Derneau ?.. répondit l'homme ; est-ce
le Provençal que vous voulez dire ?... car il y en
a un autre à Pont-l'Abbé...

— Ce doit être le Provençal... Le connaissez-
vous ?

— Jésus ! si je le connais ! répliqua le vieux ;
nous avons travaillé autrefois ensemble deux ans
aux moulins de Saint-Yves !... Un rude homme,
allez !

— Pouvez-vous m'indiquer sa demeure ?

— Mais ce n'est pas ici ! — Il faut que vous
alliez tout droit encore une petite lieue. Une
fois passé les Quatre-Bras, vous apercevrez deux
grandes fermes à votre gauche, et, juste en face
de l'autre côté, la chaumière ; c'est là qu'il
habite ; mais, à cette heure, il doit être au travail dans la minoterie.

— Bien, merci, mon brave !

Jean repartit, traversa le village, sûr maintenant de trouver son Derneau. En montant une côte, il atteignit les Quatre-Bras, et vit de loin les deux fermes, à la hauteur desquelles il arriva bientôt; mais là, sur sa droite, il n'aperçut aucune chaumière. Arrêté sur la route avec sa carriole, il s'apprêtait à attacher son cheval à un pommier pour aller interroger des paysans qui labouraient une pièce de terre; quand tout à coup, du sentier voisin, déboucha une jeune personne, vêtue d'une amazone, et montée sur un poney d'assez belle apparence. — A la vue d'un étranger qui semblait embarrassé de son chemin, elle ralentit sa course et s'approcha; puis, avec l'audace gracieuse d'une fille de dix-sept ans :

— Vous semblez égaré, monsieur, dit-elle. Moi, je suis du pays, et si vous avez besoin d'un renseignement sur ce que vous cherchez...

— Je cherche une chaumière que je ne vois pas, mademoiselle, répondit Jean, et que doit habiter, m'a-t-on assuré, un nommé Derneau.

— Le *nommé* Derneau : c'est mon père, monsieur ! répondit la jeune amazone en riant... Et la chaumière qu'il habite, c'est ce château que

6.

vous voyez là-bas dans les arbres, et qu'on appelle la Chaumière, comme on l'appellerait l'Oseraie, la Chesnaie, ou les Tilleuls.

Jean demeura ébahi. — On s'embrouillait dans les Derneau.

— Ah ! mille pardons, mademoiselle, reprit-il. J'ignorais qu'il y eût ici plusieurs personnes de ce nom. L'homme dont je m'enquiers est celui qu'on désigne plutôt, je crois, sous le nom de Marius le Provençal.

— *Monsieur* Marius Derneau, mon père, est aussi Provençal, monsieur, comme *l'homme* dont vous vous enquérez, répartit encore en riant la jeune fille, il n'y en a pas d'autre ici de ce nom !

— Si donc c'est à lui que vous avez affaire, vous pouvez me suivre au château : il est absent, mais, dans une demi-heure, il rentrera pour déjeuner.

— Je vous suis très obligé, mademoiselle, répondit Jean de plus en plus désorienté. — Cependant, j'aurais scrupule d'interrompre votre promenade...

— J'allais tout simplement au-devant de mon père, monsieur, et maman sera fort honorée de vous recevoir en l'attendant. — Venez !

Et, disant ces mots, elle tourna bride.

Convaincu qu'il s'empêtrait dans quelque im-
broglio qu'un hasard de nom pouvait seul expliquer, Jean suivit au pas dans sa carriole.

La jeune fille revint vers le large sentier par
lequel elle était apparue, et qui n'était autre que
l'allée du château. — Comme ils y arrivaient, au
lieu de prendre le terre-plein, son cheval, pour
couper plus au court, sauta d'un bond le fossé
qui bordait la route.

— Que tu es bête, Noirot ! s'écria-t-elle. —
Nous ne sommes pas seuls; il faut de la tenue !

Au bout de cinq minutes, ils entraient à la
Chaumière. — Si le nom de château pouvait paraître ambitieux pour la demeure, elle avait à
coup sûr fort bon air, et dénonçait la solide aisance et même un certain luxe chez ses hôtes.
En passant devant des écuries en retour, sépa-
rées du corps de logis, la jolie amazone s'arrêta.
—Un vieux serviteur parut, la fit descendre de
son poney, en l'enlevant sans façon par la
taille, puis vint s'occuper du cheval de Jean,
qui mit pied à terre.

— Si vous voulez me suivre, monsieur, dit la
jeune fille en ramassant gracieusement sa longue
jupe, je vais vous conduire à maman.

D'un pas leste, elle se dirigea vers le perron, monta les marches et ouvrit la porte d'un grand salon.

— Maman, dit-elle, voici un monsieur qui vient pour mon père.

Jean se trouva en face d'une femme d'environ quarante-cinq ans, en costume du pays, à la physionomie à la fois ouverte et sérieuse, avec des traits encore fort beaux.

— Mon mari ne peut tarder, monsieur, dit madame Derneau en se levant, si vous voulez bien l'attendre...

Jean, ne doutant plus qu'il se fourvoyait, s'inclina, et prit un fauteuil qu'elle lui offrit.

Près d'un balcon donnant sur les jardins, deux enfants jouaient.

— Allez courir dehors, garçons! reprit la mère, en leur donnant un baiser à chacun.

— Mais, madame, dit Jean, je serais confus de vous causer le moindre dérangement.

— Bon, répondit madame Derneau avec un clair et franc sourire, ils aiment bien mieux cela.

Mais, à peine étaient-ils disparus, les enfants rentraient en criant :

— Voilà papa !

Par la fenêtre ouverte, Jean aperçut une voiture qui, une minute après, s'arrêtait devant le perron ; il en vit descendre le maître du lieu. — Sa femme et sa fille, sorties à sa rencontre, l'attendaient sur les marches.

— Ah ! j'ai une faim de loup ! dit-il joyeusement en les embrassant toutes deux, tandis que les enfants lui prenaient chacun une main.

On l'avertit que quelqu'un était là qui le demandait.

— En ce cas, allez, je vous rejoins ! reprit-il.

Monsieur Derneau était un homme de haute taille, alerte, bien pris ; il semblait avoir cinquante-cinq ans, en dépit de quelques années de surplus ; des cheveux touffus, d'un noir de jais, mêlés de rares cheveux blancs, l'apparence d'une vigueur peu commune, avec un air de naturelle bonté qui se lisait dans ses yeux, malgré la décision de son regard droit et vif. On devinait en lui le tempérament énergique d'un travailleur qui n'épargnait point sa peine, et devait faire marcher son monde avec autorité.

Ses expansions de père et d'époux accomplies, il se dirigea vers le salon.

— Je regrette, monsieur, de vous avoir fait attendre, dit-il en entrant, j'ignorais...

— Vous n'avez pas à vous excuser, monsieur, répondit Jean, qui s'était levé ; j'aurais plutôt raison de vous demander pardon moi-même de ne m'être point annoncé.

— Bien ! ajouta en riant M. Derneau. — Et maintenant que les politesses sont faites, me permettrez-vous de vous demander à qui j'ai l'honneur de parler ?...

Jean eut un mouvement d'embarras. Il tira un carnet de sa poche, y prit une carte qu'il tendit à son hôte.

— Voici mon nom, monsieur, dit-il.

M. Derneau eut à peine lu qu'il fit un geste de stupeur ; il regarda Jean et devint très pâle.

Il se remit pourtant.

— Pardonnez-moi ma surprise, monsieur, dit-il ; vous portez un nom qui semble presque être le mien... quoique un peu changé d'orthographe.

— Monsieur, répondit Jean toujours tranquille, c'est en effet tout à fait le vôtre, si vous êtes Marius Derneau, l'ancien fermier des Olivets.

Marius eut encore un mouvement de stupéfaction ; mais ce ne fut cette fois qu'un éclair.

— Oui, c'est moi, dit-il, et, si je comprends
bien, vous êtes le fils de Séverine Rupert.

— Tout cela est très exact, répliqua Jean en
s'inclinant.

— Eh bien ! qu'est-ce que vous venez faire
ici ?... demanda le Provençal, comme si la simple
énonciation des faits eût suffi pour justifier cette
brutale question.

— Je conçois, monsieur, que ma présence
chez vous a tout lieu de vous surprendre, répliqua Jean sans se désarçonner le moins du monde.
— Cependant, il y a forcément entre nous un
certain lien auquel, ni vous ni moi, ne pouvons
rien changer, et qui fait que nous avons quelques intérêts communs ; c'est pourquoi je suis
venu vous trouver.

— Allons vite au but ! répondit résolument
Marius. — Combien veut-elle, ou combien voulez-
vous ?..

— Oh! monsieur, reprit Jean avec un sourire; mais nous sommes, en vérité, très loin de
compte. — C'est moi qui viens, au contraire, vous
apporter votre part dans l'héritage de ma mère.

— Elle est morte ?..

— Comme j'ai l'honneur de vous le dire... Il

s'ensuit donc qu'il faut absolument votre intervention pour les formalités de la loi.

— Oh ! tout ce que vous voudrez ! s'écria Marius Derneau en respirant comme un homme
allégé. — Mon notaire peut faire les actes aujour-
d'hui, les faire enregistrer demain, pour vous les
remettre aussitôt...

— Eh bien ! nous nous sommes entendus,
monsieur, dit Jean en se levant ; il ne me reste
plus qu'à m'excuser encore une fois du retard que,
involontairement, j'apporte à votre déjeuner.

Marius Derneau le regardait pensif. — En le
voyant partir, il l'arrêta.

— Voyons, reprit-il en adoucissant sa voix mâle,
tout cela est vraiment bien étrange, monsieur; mais,
comme vous l'avez dit, ni vous ni moi n'y pouvons rien. — Tout à l'heure pourtant, en apprenant
qui vous êtes, je me suis trop souvenu, et j'ai laissé
échapper quelques paroles dont, à cette heure,
vous comprendrez le sens, puisque vous avez vu
ma famille. — J'étais inquiet pour les miens de
votre venue.

A ce langage si franc, Jean, malgré lui, se
sentit à son tour une pointe de regret.

— J'ai eu tort en effet de ne point vous aver-

tir, monsieur, répliqua-t-il. N'en accusez que
ma complète ignorance de complications qu'il
m'était impossible de prévoir. — Croyez en tout
cas, je vous prie, qu'aucun acte, ni aucune parole de moi ne troubleront nul des vôtres, et, si
vous voulez bien m'assigner un rendez-vous...

Marius le regardait toujours ; il semblait réfléchir et hésiter.

— J'ai affaire pour quelques heures, dit-il
enfin ; si vous m'attendiez, nous irions ensuite à
Quimper.

— Je suis à vos ordres, monsieur.

Marius hésita encore.

— Mais vous n'avez peut-être pas déjeuné ?
dit-il.

— Je l'avoue.

— En ce cas, il vaut mieux, je crois, que
vous n'alliez point à l'auberge...

— J'accepterais volontiers votre hospitalité,
reprit Jean. Seulement je suis depuis quelques
jours dans le pays, et mon nom y est déjà connu ;
permettez-moi de vous en avertir... Peut-être
serait-il prudent, chez vous, pour éviter les
conjectures, de déclarer entre nous quelque
parenté.

7

— Je vous remercie d'y songer, répondit Marius, et c'est en effet ce qui convient le mieux.

— Eh! bien, j'arrive d'Amérique, où j'ai passé une partie de ma vie... Pour vos gens, je puis être un cousin éloigné.

X

En entrant dans la salle à manger, Jean devina qu'on y était dans l'inquiétude, comme si l'émotion que son arrivée avait produite eût fait pressentir en lui quelque messager de malheur. En l'apercevant, madame Derneau, étonnée, tourna vivement les yeux vers Marius comme pour l'interroger ; d'un signe, son mari la rassura, puis d'un ton joyeux :

— Allons, dit-il, un couvert pour notre cousin !

Ce mot rasséréna tous les visages.

Pendant que la jeune fille courait à une crédence, le Provençal s'approcha de sa femme et, se penchant, lui parla très bas à l'oreille. — Dès le premier mot, au rayonnement subit qui illumina les traits de la Bretonne, au regard d'indicible

joie dont elle enveloppa tout à coup ses enfants,
Jean comprit ce qu'il lui disait.

— Yvonne, Yvonne ! cria-t-elle à sa fille
comme dans un élan d'ivresse folle, viens m'embrasser !

A ce cri de mère, Jean sentit, ma foi, un petit
brouillard sur ses yeux, tout en continuant à
songer qu'il était décidément dans une série
d'événements bien complexes. En dépit de ses
idées philosophiques sur le *quem nuptiæ demons-*
trant, et malgré sa confiance absolue dans les
ingénieux systèmes de la sélection et de l'hérédité
de Darwin, il ne pouvait s'empêcher de reconnaître, après tout, qu'il y avait au fond de tout
cela un grand mystère, et il roulait dans son
esprit cette vague pensée que les enfants qu'il
voyait là étaient enfin ses frères et sœur, autre
conjoncture imprévue qui ne laissait point que
d'être des plus originales.

Toute alarme passée, le déjeuner fut cordial.
Sans rien comprendre à l'émotion de sa mère,
Yvonne avait deviné que le cousin venait d'apporter une immense joie, et ses grands yeux
pleins de reconnaissance se tournaient à chaque
instant vers lui, attentifs à son moindre geste,

pour le servir et le combler de mille soins. Pourtant, malgré le grand appétit qu'il avait annoncé, Marius ne mangeait guère : il regardait Jean. Il n'était point jusqu'à madame Derneau qui, tout en lui souriant, n'eût l'air de le considérer avec une indicible émotion. — Comme on était au dessert :

— Monsieur Jean, lui dit-elle, pourquoi ne resteriez-vous pas ici quelques jours ?

En l'entendant prononcer son nom, qui n'avait point été révélé devant elle, il comprit qu'elle savait tout.

— Mon Dieu ! madame, répondit-il, cela ne dépend pas tout à fait de moi. J'ai des amis que j'ai laissés à Fouesnant. — Pourtant, permettez-moi de vous remercier de votre offre obligeante.

— Maman, dit tout à coup Yvonne étourdiment, ne trouves-tu pas que notre cousin ressemble étonnamment à Paul ?..

La mère eut un moment d'embarras à cette question brûlante, et, l'éludant, elle s'adressa à Jean.

— Paul est notre fils aîné, monsieur, ajouta-t-elle, qui fait en ce moment un voyage en Angleterre.

— Ah ! vous avez encore un fils, madame ?

répondit-il, voulant l'aider à détourner l'idée d'Yvonne.

Par disgrâce, Yvonne était partie.

— Mais papa, vois donc, poursuivit-elle, les mêmes yeux, le même regard, le même front¯!

— Eh! bien, eh! bien, enfant, reprit la mère, une demoiselle ne doit pas faire si hardiment, et tout haut, de ces remarques! — Pardonnez-lui, monsieur.

Yvonne rougit, son père se leva, et l'on quitta la salle à manger pour aller prendre le café sous une tonnelle, pendant qu'on attelait une américaine avec laquelle Marius et Jean devaient se rendre à Quimper.

— On ramènera votre carriole à l'hôtel de Fouesnant, où je vous reconduirai ce soir, dit Marius.

Un quart d'heure après, ils étaient sur un petit chemin longeant le mur du parc de la Chaumière. Ils parlaient des moissons, des farines.—En Amérique, Jean avait quelque temps fait le commerce des grains; il s'entendait fort bien à toutes les questions de minoterie, de mouture et de ventes, et, quoiqu'il y eût là pour lui un sujet d'étonnement, Marius ne l'interrogea point. Dans

le bizarre rapprochement qu'ils subissaient tous
deux, Jean devinait l'effroi que pouvait causer
sa présence en Bretagne, où la moindre indiscrétion dénonçait le mariage illégitime de son père
légal, et l'on eût dit que, par un accord tacite,
ils voulussent éviter de pénétrer dans le passé
l'un de l'autre, ou de causer même des motifs
qui les avaient contraints de se rencontrer.
Comme ils arrivaient à un petit bois, Marius s'arrêta devant une fort jolie habitation qui ressemblait à un cottage.

— Hé ! Baptiste ! cria-t-il au jardinier qui
arrosait la pelouse, est-il venu un monsieur voir
la maison ?

Le jardinier accourut, le béret à la main, et
répondit négativement, tout en priant M. Derneau
de descendre un instant pour examiner un mur
qui se dégradait.

— C'est mon ancienne maison que je loue,
dit-il à son compagnon qui l'avait suivi.

La visite ne fut pas longue, mais elle avait
suffi pour faire venir à Jean l'idée que cette demeure charmante eût merveilleusement convenu
à mademoiselle Jeanne, si décidément elle se ré-
solvait pour la Bretagne, et en préférait le séjour.

— Ma foi ! dit-il, voilà une habitation qu'une
dame de mes amies et sa nièce, qui sont à
Fouesnant, eussent peut-être été ravies de trouver. — N'en connaîtriez-vous pas quelque autre ?

— Oh ! il n'y en a guère, répondit Marius ;
mais qu'à cela ne tienne, puisque celle-ci est encore libre. Pour peu que vos amies la désirent, je
serai enchanté de vous être agréable en la leur
cédant pour le temps qu'il leur plaira.

Il fut convenu que le jour même madame
Humphry serait avisée. Ils arrivèrent à l'usine.
— Croyant tomber du ciel comme une Providence,
Jean, depuis le matin, marchait de surprise en
surprise, et, sur les pas du Provençal, de vagues
souvenirs du marquis de Carabas lui venaient à
l'esprit. La minoterie était un établissement con-
sidérable, qui dénonçait à première vue le progrès de la plus haute industrie. Ce fut le dernier
coup, et la visite des moulins à vapeur intéressa
l'Américain. Les ordres expédiés, ils remontèrent
en voiture ; une heure après, ils étaient à Quimper. — A la façon dont cet autre notaire reçut
Marius Derneau, il était aisé de voir qu'il était
pour l'étude un client d'importance. Les explica-
tions confidentielles furent bientôt données, il ne

s'agissait plus que de minuter une procuration.

— Mais, monsieur Derneau, dit le notaire, je ne vois guère l'utilité de cet acte, car, d'après votre contrat, la succession de madame votre épouse vous revient de droit, sans que monsieur votre fils y puisse rien prétendre de votre vivant : si ce n'est que, par une concession toute volontaire, il ne vous convienne de l'avantager, en avance d'hoirie.

— Oh ! il ne s'agit aucunement de mon droit, répliqua vivement Marius, il s'agit au contraire d'un abandon pur et simple de toute prétention à cet héritage, dont je ne veux rien. — Et je crois pouvoir me dispenser de vous en dire les raisons.

A ces derniers mots, Jean, que rien n'étonnait plus, comprit trop bien le sentiment qui les dictait pour essayer d'intervenir. — Le notaire s'inclina en homme qui connaissait son client.

— En ce cas, monsieur Derneau, reprit-il, je n'insiste pas ; seulement, et votre détermination étant prise, si vous voulez me permettre un conseil, vous ne ferez pas faire dans mon étude cet acte que vous me demandez. Certes, je puis le libeller moi-même sans recourir à un de mes clercs ; mais il y faut l'enregistrement, c'est-à-

dire la divulgation, à des employés qui n'ont aucune raison pour garder le secret, de la difficulté
où vous êtes. Car il est bien évident qu'il me faut
énoncer que vous agissez, dans votre renonciation
à cet héritage, en qualité d'époux de la dame
Derneau décédée... ce qui implique que vous ne
pouvez être marié ici avec la mère de vos enfants.

Marius baissa la tête tristement.

— Vous avez raison, dit-il, mais que faire,
alors ?

— Si déplaisant que cela puisse être pour
vous, allez à Grasse, et donnez là, à monsieur, les
actes nécessaires. Mais je crois qu'il nous faut
d'abord réfléchir. Tout cela est beaucoup plus
compliqué qu'il ne vous semble à première vue,
et je vous avoue que j'ai moi-même besoin d'y
penser. Je dois me rendre demain à Cardec, si
vous voulez bien m'attendre à la Chaumière,
nous pourrons causer à loisir.

Les arguments du notaire étaient trop sérieux
pour qu'il fût possible de n'en point tenir compte.
On s'en référa à ses conseils.

— Je suis désolé de vous apporter ces ennuis,
dit Jean, comme il remontait en voiture avec son
père légal.

— Encore une fois, nous n'y pouvons rien, monsieur, répondit Derneau, en homme habitué dès longtemps à un rude souci. En tout cas, votre démarche m'aura apporté un grand bonheur, puisque je vais pouvoir enfin régulariser cette déplorable situation de ma femme et de mes enfants. — Aussi comprendrez-vous, plus que jamais, le service que j'attends de vous, en vous priant de ne rien laisser soupçonner des affaires qu'il y a entre nous.

En écoutant ces craintes, Jean ne put se défendre de songer aux avances de cette autre paternité plus qu'indiscrète du baron Sauvageot. Si bizarre que sa position lui parût, il se sentit malgré lui véritablement touché des trop justes alarmes de cet honnête homme que tout le portait à estimer.

— Mes regrets du trouble que je vous cause, dit-il vivement, vous répondent de mon silence.

Ils s'entendirent alors, et ce ne fut point long, sur cette singulière liquidation d'héritage entre père et fils qui ne s'étaient jamais vus. — Le soir même, Jean écrirait à maître Cavaillon de façon que, le jour venu, tout étant préparé, Marius

Derneau n'eût qu'à paraître à Grasse, pour régler définitivement cet arrangement de famille.

Une heure après, ils arrivaient à Fouesnant après être aussi convenus que, si madame Humphry se décidait à se fixer dans le pays, Jean l'amènerait avec sa nièce, le lendemain, pour visiter la maison du petit bois.

XI

Jean était philosophe, et, dans le courant agité de sa vie, il avait vu tant de choses qu'il ne se laissait point aisément entamer par l'inattendu de quelque événement que ce fût. Il avait des idées à lui sur les causes finales, et les complications humaines n'étaient, à ses yeux, que le résultat d'équations absolues que le hasard des passions doit combiner à l'infini.

Cependant, lorsque, revenu le soir de son excursion à Cardec, il se trouva seul devant son buvard prêt à rendre compte à son notaire des conventions arrêtées avec Marius, il ne put s'empêcher de méditer, à part lui, sur les curieuses impressions qu'il avait éprouvées ce jour-là. Le *quem nuptiæ demonstrant* lui appa-

raissait cette fois avec des conséquences si
bizarres qu'il avait vraiment besoin d'un effort
de pensée pour rattacher l'histoire de maître
Cavaillon, si pleine de péripéties étranges, à ce
dénouement qui tournait si brusquement à l'imprévu, et dans lequel il arrivait comme un per-
sonnage importun, maladroitement introduit
dans la pièce. S'il eût été d'humeur à creuser la
question du divorce, il eût certes eu beau jeu :
mais il était encore trop surpris de ce qu'il avait
vu pour ne point se restreindre. — En résumé,
la connaissance qu'il venait de faire avec le
Provençal lui avait amené des idées d'un autre
ordre. Bien qu'il eût trouvé d'abord une satisfaction toute personnelle à se targuer d'une
flatteuse origine, revenant sur des conclusions
premières qui lui semblaient maintenant trop
hâtives, il commençait à discuter en lui les
titres du baron Sauvageot, et à se demander si vraiment, sans cesser d'être impartial, il
n'était point forcé de reconnaître que les pré-
somptions de paternité étaient pour le moins
balancées.

— Le choix d'un père, après tout, n'est pas
chose indifférente, se dit-il.

Et, sans être autrement pressé, il résolut de uspendre toute détermination jusqu'à plus ample nformé.

Le lendemain, Jean retrouva mademoiselle ₹unières de plus en plus enchantée de son ₹oyage. —La Bretagne était décidément son rêve. 1 lui offrit de s'y fixer, annonçant que, en ce ₹as, il avait découvert une villa qu'elle pouvait ₹isiter le jour même. Elle accepta avec trans-port. — Après déjeuner, il vint la prendre, et, dans une vieille calèche, ils partirent pour Cardec, où ₹ls arrivaient deux heures plus tard, par des che-mins si pittoresques que l'admiration de made-moiselle Jeanne se changeait en enthousiasme.

— Voici votre castel, dit Jean, comme ils en-traient dans le petit bois.

La voiture s'arrêta bientôt à la grille. Le jar-dinier, reconnaissant l'étranger qu'il avait vu la veille avec son maître, accourut et s'empressa de tout ouvrir. Ils le suivirent à travers la pelouse bordée de massifs et pénétrèrent dans le logis.

— Mais vous avez vraiment une baguette de fée, s'écria Jeanne. Il est impossible de mieux réaliser mes souhaits !

La maison était en effet charmante en son

confortable à la fois simple et sérieux. On eût
dit un de ces jolis cottages anglais, à l'aspect si
gai et si familial, qui semblent destinés à n'avoir
que le bonheur pour hôte. Miss Clifford s'exta-
siait. Le petit parc et les jardins visités, les
décisions furent bientôt prises, et le denier à
Dieu au jardinier conclut l'affaire, sur la parole
de Jean qu'il verrait dès le lendemain son maître
et signerait le contrat.

Pour peu qu'on ait dans l'esprit le moindre
gain d'indépendance, on se fait aux événements
les plus exceptionnels comme aux plus faibles
incidents prévus. Ainsi pensait Jean, en causant
avec mademoiselle Jeanne pendant qu'ils revenaient à Fouesnant, ravis tous deux du succès
de leur excursion. En dépit de cette vaine apparence de complications que semblait devoir amener pour lui l'enlèvement de la nièce de son
parrain, tout s'accordait en effet d'une façon si
naturelle qu'il s'étonnait lui-même de s'être un
instant ému d'un dérangement de si peu d'importance. Mademoiselle Humphry, installée à
Cardec, était à coup sûr trop bien à l'abri de
toute recherche pour qu'il se fît le moindre
scrupule, ses affaires terminées, de rentrer à Paris

comme si rien d'insolite ne lui fût survenu. Quelques visites de convenances au Cottage dans le cours de l'année, et son rôle chevaleresque était rempli.

Ce fut donc sous une impression d'allégement qu'il se remit en route le lendemain pour traiter son affaire de location avec Marius Derneau. Un retard pouvait lui faire manquer cette aubaine.

— Il croyait s'être suffisamment entendu avec son père sur la question d'incognito, pour ne point trop redouter l'embarras d'une seconde apparition à la Chaumière. Ce ne fut pas sans quelque appréhension pourtant qu'il arriva comme l'avant-veille. — Il s'arrêtait à la porte des écuries, lors-qu'il aperçut Yvonne sur le perron.

— Maman, maman, dit-elle, c'est notre cousin Jean !

Au même instant, madame Derneau parut. Elle rougit un peu à ce : « Bonjour, cousin » que les enfants survenus sur ses pas prodiguaient à l'envi. Mais elle se remit bien vite.

— Il est aimable à vous de nous surprendre, dit-elle avec un sourire. Le chemin de la maison vous sera connu maintenant, je l'espère.

A cet accueil si cordial, malgré le malaise

qu'il devinait, Jean prit vivement la main qu'elle lui tendait, et, pour dissiper toute gêne, il enleva dans ses bras un des enfants, qu'il embrassa.

— J'ai presque toujours vécu en Amérique, madame, ajouta-t-il en riant. Aussi n'ai-je pas besoin de vous dire combien je suis ravi, après mes grands voyages, de me voir tout à coup de si gentils alliés.

Un regard de reconnaissance de la Bretonne le remercia de cette affirmation de respect, pour une situation dont il ne pouvait ignorer les tristesses.

— M. Derneau est là ! ajouta-t-elle, encore un peu troublée pourtant de cette visite.

Jean fut introduit dans une grande pièce où il trouva Marius assis devant un bureau.

— Justement je vous écrivais, dit le Provençal, pour vous donner rendez-vous demain. — Je sais que vous êtes allé voir hier le Cottage.

L'affaire de location fut bientôt conclue sans écrit. Les ordres étaient déjà donnés pour que madame Humphry et sa fille pussent entrer en possession dès le jour même. Ce point réglé :

— J'ai aussi pris des dispositions en ce qui vous concerne, ajouta Marius, et j'ai averti de mon côté maître Cavaillon de ce dont nous sommes convenus.

— J'estime que vous en prendrez à votre aise sur ce dérangement que je vous cause, répondit Jean, car rien ne presse ; j'attendrai votre convenance.

— C'est à ce sujet que je voulais vous parler, reprit Marius d'un air soucieux, et je vous remercie de venir au-devant d'une explication nécessaire entre nous, après ce que m'a dit mon notaire de certaines difficultés qui entraîneront sans doute un retard de quelques semaines dans la solution de votre héritage.

— Ah ! s'écria vivement Jean, j'accepte d'avance tout ce que vous déciderez.

— Eh ! bien, reprit Marius, voici ce que nous avons combiné ; mais, pour que vous le compre-niez, je vous dirai d'abord ce qu'il m'importe de vous faire connaître des nécessités qui me gui-dent.

· Jean s'inclina sans répondre, en signe d'ac-quiescement. — La contre-partie de l'histoire Cavaillon se présentait à lui avec des péripéties qui le touchaient trop au vif pour qu'il n'y appor-tât point le plus curieux intérêt.

— J'ignore ce que vous savez de votre mère,
continua Marius, ou des raisons pour lesquelles
j'ai cru devoir me séparer d'elle. Dans l'étrange
différend où nous sommes tous deux, je n'ai
à vous parler que de moi-même, de la famille que je me suis faite, et dont je veux
avant tout sauvegarder l'avenir. Au milieu de
mes luttes, j'ai eu le bonheur de rencontrer
une fille de cœur qui m'a aimé avec assez de
confiance pour devenir ma femme.... comme elle
pouvait l'être avec nos tristes lois. D'accord avec
sa mère, nous avons pu faire croire que nous
quittions Brest pour aller nous marier en Provence. La vérité, c'est que nous étions entrés
dans une église, et que là, devant un autel, j'ai
mis un anneau à son doigt. Avec le peu que
nous avions à nous deux de fortune, nous sommes alors venus nous établir dans ce pays, où,
complétement inconnus, nous avons aisément
forcé l'estime. Nul n'y a jamais douté de notre
mariage ; mais, à la naissance de mon premier fils,
je me suis trouvé forcément face à face avec les
rigueurs du code, puisque le code est ainsi fait
qu'il ne me permettait même pas d'être honnête homme en reconnaissant notre enfant. — Hon-

nête homme, j'ai donc été contraint de recourir à des détours, et je n'avais pas le choix : — ou révéler que nous n'étions pas mariés, ou dissimuler notre véritable situation par de fausses déclarations d'état civil. — Je n'ai point hésité, la loi étant inhabile à prévoir de si cruels effets de nos stupides séparations. —Il résulte de tout cela que je suis obligé à de très grandes précautions pour éviter que l'on ne découvre des irrégularités qui tomberaient même sous le coup de la justice, s'il n'y avait maintenant prescription. — Je ne veux pas en tout cas que mes enfants puissent jamais soupçonner qu'ils aient eu à rougir de leur mère.

— Je ne saurais qu'approuver votre prudence, dit Jean. Il y a là en effet de si incroyables inconséquences de notre législation que c'est ma foi tant pis pour elle si, pour rester honnête homme, on est forcé de la violer... Aussi, ajouta-t-il, comptez sur moi, monsieur, pour tout ce que vous jugerez nécessaire dans l'intérêt des vôtres.

— Je vous remercie encore, reprit le Provençal ; mais il est un autre point plus grave que mon notaire m'a fait toucher du doigt, et que ces mêmes inconséquences de la loi mobligent à aborder avec vous. —Veuf, je puis aujourd'hui, enfin, régulariser l'avenir de ma femme. Pour ne rien divulguer dans le pays, nous irons nous marier en Angleterre; j'ai déjà pris des mesures dans cette prévision. Mais, si simple que puisse paraître cet acte, le code se dresse encore pour me forcer à commettre un nouveau délit en taisant mon veuvage. —La loi est telle qu'elle me défendrait de légitimer mes enfants, car ils sont nés pendant ma séparation. Si je dénonçais leur existence, il me faudrait révéler que j'ai fait de fausses déclarations d'état civil; et, rejetés alors comme adultérins, ils seraient déchus de tout droit d'héritage, et resteraient sans autre nom que le nom de leur mère.

— Dire que tout cela est vrai ! reprit Jean en secouant la tête, et que presque partout ailleurs qu'en France de pareilles énormités sont aplanies par le divorce.

— Mais ce n'est point tout, continua Marius, et, ces difficultés expliquées, pour que vous puissiez bien me comprendre, il faut que j'en arrive au sujet principal que j'ai à traiter avec vous, car mon mariage accompli ne suffirait point pour résoudre les questions d'intérêt entre nous deux. — En fait, à l'égard de vous, je ne puis me dissimuler que toutes ces précautions sont vaines. Vous avez le droit de les attaquer aujourd'hui, comme vous aurez le droit à ma mort de faire annuler l'état civil de mes enfants. Par la seule preuve qu'étant nés du vivant de votre mère ils sont adultérins, vous pourriez les destituer de toute part de mon héritage. — Il résulte donc de tout ce gâchis légal que je serais à votre discrétion, si nous n'arrivions à quelque arrangement au moyen duquel je ne sois point forcé de dénaturer mes biens, de manière à ne vous en laisser que la portion légitime . dont je ne saurais vous priver. — Vous comprenez que ce sont là de bien grands embarras !

— En aucune façon, entre nous, monsieur! s'écria Jean, et je n'oserais vraiment plus me regarder en face, si je ne vous aidais moi-même à tout simplifier de ces ridicules affaires. — Voulez-vous causer en mettant tout simplement la loi dans notre poche?

— Parlez, je vous écoute.

— Eh! bien, monsieur, j'ai pour principe qu'en toute chose les honnêtes gens ont pour devoir de se régler d'après leur propre estime d'eux-

mêmes, et sans s'occuper des prescriptions pré-
vues pour les coquins. — Pour moi, je ne connais
pas de garantie plus haute qu'une parole loyalement donnée, loyalement reçue. — Or, dans ce
dédale de difficultés qui vous effraient, nul autre
que moi ne pourrait avoir qualité pour attaquer
l'état civil de vos enfants. — Je veux espérer que,
si je m'engage à ne jamais recourir à des contesta-
tions sur ce point, vous voudrez bien accorder
à ma parole la valeur d'un acte que la loi, d'ailleurs, jugerait immoral et n'admettrait pas.

— Vous, oui, je vous crois! dit Marius en le
regardant dans les yeux.

— En ce cas, tout est arrangé, reprit tranquillement Jean. — Veuf, vous vous remariez,
et rien n'est plus simple que de faire un contrat
par lequel vous reconnaissez comme apport de
madame Derneau la majeure partie de vos biens,
qui ne peut plus revenir qu'à ses enfants.

— Mais, vous?...

— Moi, je signe avec vous, chez maître Cavaillon, un acte de liquidation de votre premier
mariage avec ma mère, dans lequel je stipule
avoir reçu, en avance d'hoirie, toute ma part de
votre héritage.

— Vous feriez cela?

— Parbleu! s'écria Jean.

Si Jean d'Erneau ne s'étonnait jamais de rien, il n'en était que plus porté à observer les choses avec le dégagement d'esprit d'un stoïcien. Aussi revint-il à Fouesnant avec un fonds de pensées suffisantes à le distraire. La singularité des conjonctures où il se trouvait jeté depuis deux semaines, et les péripéties qui en résultaient, étaient si exceptionnelles qu'il lui semblait assister à quelque drame étrange qui l'attirait, le mêlant à l'action en dépit de lui-même, et ce n'était point sans intérêt qu'il analysait les particularités de son rôle. —Son entretien avec Marius Derneau avait en effet soulevé des questions si nettes qu'il ne pouvait plus se dissimuler que, en dépit de lui-même, un principe de filiation supérieur au système de sélection de Darwin le rattachait de fait à cette paternité légale, et, par un bizarre arrangement du sort, il se voyait contraint d'y renoncer !

— Allons, se dit-il insouciant, comme il rentrait à son auberge, il n'est rien de tel que d'avoir trop de pères, pour n'être embarrassé d'aucun.

Mademoiselle Jeanne l'attendait avec une grande impatience. A la nouvelle que le Cottage était à sa disposition, elle décida de s'y installer le jour même. Ce désir était de facile exécution et comblait tous les vœux. Miss Clifford eut bien vite apprêté les bagages. Ils partirent; deux heures plus tard ils étaient à Cardec. La femme du jardinier s'offrait avec sa fille pour le service de madame Humphry. Un tel exil avait l'attrait d'une villégiature charmante. Il ne restait plus qu'à régler une correspondance, qui suffirait désormais pour assurer à mademoiselle Jeanne le secours prompt de son défenseur. A la moindre alerte, une dépêche l'informerait à Paris. Il serait là, d'ailleurs, au centre des menées de madame Runières, et saurait tout par son parrain, dans le cas où quelque découverte imprévue les mettrait sur les traces de la fugitive. — Ses conventions arrêtées avec Marius qu'il n'avait plus à revoir, et résolu à partir le soir même, il dîna au Cottage, allégé de tout souci. — Au moment de prendre son congé, il fit un tour de parc avec mademoiselle Jeanne, afin de lui donner ses dernières instructions de prudence.

Comme elle lui confiait pour sa mère une

lettre qu'il se chargeait de faire parvenir, il la vit un peu mélancolique.

— Voyons, regrettez-vous?.. dit-il d'un ton amical, sur lequel cette fois elle ne se méprit point.

— Non, répondit-elle. Ce que je fais, il faut que je le fasse ! — Seulement, je n'ai plus que vous pour ami, et je m'attriste de vous voir partir.

Il lui tendit sa main, qu'elle prit.

— Me permettez-vous de vous adresser une question de frère?

— Comment pourrais-je vous le refuser, alors que vous êtes si généreusement bon ? — N'êtes-vous pas mon seul guide ?

— Eh! bien, avez-vous écrit à Rome?...

— Oh ! il n'y a jamais eu de correspondance entre nous! dit-elle vivement.

— J'en suis certain... Pourtant, dans ces circonstances, j'aurais compris que vous voulussiez l'informer de ce qui est advenu.

— Je n'aurais pas osé sans votre assentiment, répondit-elle en rougissant un peu.

— Vous pourriez le faire maintenant, je pense, si vous le jugiez convenable, ne fût-ce que pour prévenir une inquiétude que je trouverais légitime.

— Oh ! je m'estime assez pour ne point craindre le moindre doute, reprit-elle de ce ton hautain qui lui était une grâce, ou alors je cesserais de l'aimer.

— Bien, dit Jean imperturbable. Si cependant vous voulez m'en croire, au cas où vous écririez, vous me chargeriez de votre message que j'enverrais, et vous ne lui révélerez point où vous êtes, — La prudence est utile pour quelque temps encore. Surveillé comme il doit l'être, une lettre surprise trahirait le lieu de votre retraite. Dites-lui donc de vous répondre sous le couvert de mademoiselle Humphry, poste restante à Paris. — Le reste me regarde.

— Je vous obéirai. — Mais comment reconnaîtrai-je jamais ce que je vous devrai ?

— Jeanne et Jean, répliqua-t-il, n'est-ce pas le lien de notre amitié ?

XII

De retour à Paris, Jean respira comme après l'ac-
complissement d'une corvée, pénétré de ce bien-
être que donne le calme des pénates au souvenir
des agitations traversées. — Son premier soin
fut de prendre langue avec son parrain. Madame Runières était à Rome avec M. Verdier.
Aucune autre nouvelle qu'une dépêche annonçant l'insuccès. « Tancrède de Mauvert n'avait
point quitté son poste, et rien ne dénonçait la
moindre connivence suspecte. »

Dans le monde, du reste, le terrible événement
n'avait point encore transpiré. — On expliquait la
disparition de mademoiselle Jeanne en racontant
que sa mère l'avait emmenée dans le Midi. — Pourtant les conjectures voilées, les propos des gens,

8.

tout accréditait le bruit d'une rupture du mariage
annoncé ; mais, bien qu'on en parlât dans les
salons à mots couverts, et que la malignité
mondaine s'exerçât en commentant ce mystère,
rien n'avait encore révélé l'incroyable coup de
tête que la famille avait tant intérêt à cacher.

Jean, rassuré de ce côté, s'en alla faire une
visite à lady O'Donor, qui l'accueillit avec une
joie folle en apprenant que ses affaires d'héritage
étaient réglées, et qu'il ne repartait plus.

— A propos, dit-elle tout à coup au milieu
d'un de ces charmants transports d'enfant qui
donnaient à sa beauté féline un incomparable
attrait : et mademoiselle Runières ?

— Mademoiselle Runières ?... répondit Jean avec
flegme ; mais, si j'en crois le baron que je viens
de voir, elle va mieux, je suppose.

— Et, quand allons-nous à la noce, en ce cas ?
reprit-elle avec son sourire de sphinx.

— Ma foi, vous m'en demandez trop, chère
Maud, répondit Jean en riant comme elle, et
c'est l'affaire de ce pauvre Verdier.

— C'est vraiment rompu, alors ?

— Entre nous, j'en ai peur.

— Est-ce que vous ne possédez pas sur ce

point quelques confidences particulières ? ajouta-t-elle avec son même sourire, en le regardant dans les yeux.

— Si, mais n'en dites rien, car cette rupture est encore un grand secret.

— Oh ! vous savez que, moi, je suis muette, répondit-elle.

Il sembla à Jean qu'elle disait ces mots d'un air singulier ; il connaissait trop l'esprit de pénétration de lady Maud pour s'étonner qu'elle eût démêlé sans peine ce que nul n'avait encore que soupçonné. Ne voulant point s'appesantir sur ce que cette jalousie en éveil avait pu deviner, il détourna habilement l'entretien.

Tout arrive dans la vie ! Telle était l'opinion de Jean d'Erneau, et le vagabondage de son étoile n'était point sans le confirmer sur cette redite. Pourtant, si flegmatique qu'il fût, les coups du hasard qui venaient de le surprendre étaient si singuliers, qu'il ne pouvait se défendre d'y songer parfois, non sans quelque étonnement de lui-même. En dépit de cette indépendance d'esprit et de cœur, à laquelle il devait la solidité de sa trempe, il se sentait comme vaguement engrené dans quelque rouage inconnu dont il essayait vainement de se dissimuler l'étreinte. Sa pensée, malgré lui, se reportait sur les complications étranges où l'avait jeté son voyage à Cardec, et ce chapitre inattendu de son histoire lui apparaissait maintenant avec des conséquences si curieusement excentriques, qu'il avait peine à se retrouver dans le rôle qu'il avait été contraint de prendre, avec ce père qu'il s'était ignoré jusqu'alors. — Par une bizarre évolution de l'idée, pour la première fois il lui semblait qu'un lien s'était noué qui le rattachait à d'autres existences que la sienne. Le souvenir de Joanne le hantait comme une préoccupation distrayante, qui apportait un intérêt de lutte dans la monotonie de ses satisfactions de blasé. — Tout surpris, enfin, d'être le protecteur d'un autre que lui-même, il prenait goût à ce plaisir nouveau.

Une semaine après son arrivée, il trouva un jour à la poste une lettre venant de Rome, à l'adresse de mademoiselle Humphry. — Tout en la faisant diriger sur Cardec, il se mit pour la première fois à réfléchir sur les convenances de ce mariage de Jeanne qu'il s'employait à perpétrer.

Jeune et brillant de sa personne, Tancrède de Mauvert appartenait par son élégance et par ses goûts à ce monde de turf et de vie légère qui règle le ton. Bien qu'on ne lui connût aucune fortune au soleil pour alimenter l'existence joyeuse qu'il menait, il avait surtout une notoriété dans la société galante et facile des célébrités de coulisses et des héroïnes du bois. Souvent réduit aux expédients, parfois jetant l'or à pleines mains après une veine au baccarat, il louvoyait, dans cette bohême dorée que Paris seul connaît. Appuyé sur un nom qui lui ouvrait les portes du faubourg, et très répandu dans les colonies étrangères, il était accueilli partout comme un de ces mauvais sujets charmants que l'on traite en enfants prodigues. — Tel qu'il était, Jean, qui ne s'embarrassait point de préjugés et le trouvait bon compagnon, n'avait vu d'abord qu'une juste répartition des biens d'ici-bas, dans cet amour de mademoiselle Jeanne dont le monde avait parlé; mais, maintenant qu'il agissait en intermédiaire, il se demandait si Mauvert était vraiment bien le fiancé qu'il eût souhaité pour elle, et cette idée le rendait soucieux.

Il en était là quand, un matin, son parrain lui annonça le retour de madame Runières, qui le priait le soir même à dîner. Il ne manqua point de s'y rendre, pressentant qu'il allait être consulté. Il la trouva seule et triste avec monsieur Verdier. — En peu de mots, elle lui raconta l'inutilité de son voyage... Aucune trace. Mauvert vivait paisiblement à Rome, d'où il ne s'était point absenté. Il ignorait encore tout, et n'avait nul soupçon de la disparition de sa fille.

— Vous êtes trop de la famille pour que j'hésite à vous confier mes chagrins, ajouta-t-elle d'un ton dolent.

— Cette disparition est en effet très extraordinaire, dit Jean.

— Oh! c'est cette misérable Clifford qui a tout fait, j'en suis sûre! Car la pauvre enfant sait trop combien je l'aime, pour me plonger dans un tel désespoir. Il y a là une captation infâme, un but caché de fortune sans doute. — Tenez, j'ai trouvé cette lettre d'elle en arrivant ici. C'est inexplicable : voyez, elle porte le timbre de la poste de Paris.

Jean prit l'enveloppe, qu'il retourna en tous sens.

— Peuh! dit-il, rien n'est plus simple que d'avoir ici un complice, qui reçoit ces missives et vous les envoie.

La conférence dura jusqu'à minuit. Jean, sollicité de prêter son inventive, démontra victorieusement que miss Clifford avait sans doute entraîné la fugitive en Écosse, où, disait-on, résidait sa famille.

Confiant dans la sécurité de Jeanne et repris par les fantasques exigences de lady O'Donor, Jean ne songeait plus guère aux écarts de son étoile quand, un jour, comme il était au club, il vit entrer Mauvert.

— Quoi ! lui dit-il, vous à Paris ?

— Un congé pour quelques affaires de famille, répliqua le jeune diplomate en lui tendant la main.

Sans sortir de la réserve des gens de bonne compagnie, quelques intimes accueillirent cette réponse avec un sourire qui semblait plein de réticences.

— Et tu ne fais que passer ? dit l'un d'eux.

— En aucune façon. Je reste un mois, reprit Mauvert gaiement, mais cependant de l'air d'un homme qui repousse faiblement l'idée d'un mystère.

Jean comprit que Mauvert accourait d'après la lettre de Jeanne, et qu'il n'ignorait plus rien des propos déjà répandus dans le monde à son sujet. Il trouva quelque fatuité à cette attitude, dont il connaissait seul le secret, et il en conçut assez de dépit, pour que quelques ripostes ironiques rappelassent le diplomate à plus de prudence, en présence du filleul du baron Sauvageot. La leçon fine et discrète eut son effet, car une heure plus tard, comme Jean laissait sa partie de whist, il fut rejoint par l'élégant secrétaire d'ambassade, qui parut vouloir entamer quelque apologie ou le sonder peut-être.

— J'ai eu l'honneur de voir madame Runières il y a quelques jours à Rome, dit-il, comme s'il eût voulu se mettre à l'abri de cette confidence de bonnes relations. — Elle était un peu souffrante... Seriez-vous assez bon, mon cher d'Erneau, pour me donner des nouvelles de son retour?

— Oh! elle va fort bien, répliqua Jean, qui devina son intention. — Les lettres de sa fille l'ont tout à fait rassurée, et elle compte la rejoindre bientôt.

A cette attaque si directe qui déchirait d'un coup tous les voiles, Mauvert, surpris, eut un haut-le-corps et regarda Jean d'un air effaré, comme si toutes les espérances qu'il avait fondées

sans doute sur l'imprudence de mademoiselle
Runières se fussent tout à coup écroulées. Conscient de sa maladresse, avec un adversaire de
cette force qu'il était imprudent de s'aliéner, et
qui le perçait à jour ainsi du premier mot,
il battit inopinément en retraite et tourna le col-
loque vers un autre sujet.

Quelques jours plus tard, Jean trouva à la poste
une seconde lettre pour mademoiselle Humphry.
— Il était évident que Mauvert se fixait à Paris dans
l'intention d'y établir son siège. Conscient de cet
amour naïf qui osait une telle équipée pour se
garder à lui, le viveur ne doutait point que
quelque message prochain ne lui révélât bientôt la
retraite si bien cachée pour tous, et le pourchas
d'une pareille héritière était certes un fier lot. Il
voulait être prêt à se rendre à l'appel qu'elle ne
pouvait pas manquer de lui faire un jour. — Cet
espoir ne l'empêcha point du reste de reprendre
d'emblée son courant d'élégante débauche, qu'une
heureuse veine au jeu lui assura pour quelques
semaines.

Insouciant et roué dans les choses de la vie, ce
n'était point que Jean s'étonnât le moins du monde
des façons dégagées de l'amant épris, occupant

si joyeusement les loisirs que lui laissaient ses mystérieuses fiançailles; il en vint cependant à des réflexions sur le contraste bizarre de sa protégée attendant, solitaire et confiante, à Cardec, la fin d'une épreuve si vaillamment subie par elle. Il se sentit froissé dans son amour-propre de sauveur de la désinvolture de ce fiancé, objet de tant de rêves, et dont il assurait le triomphe final. Mû par ce sentiment d'intérêt naturel, qui naît au cœur pour tout être faible que l'on protège, Jean éprouvait parfois une sorte de colère rentrée, en songeant à cet amour naïf de jeune fille se berçant d'illusions sur celui qu'elle aimait. — Sans doute elle le croyait palpitant d'espoir et d'attente, et désolé loin d'elle. — Pour déduction ordinaire de ces pensées, il se disait bien que cela ne le regardait pas; mais, dans son scepticisme, il se disait aussi que, s'il était le frère de Jeanne, il interviendrait certainement pour la défendre d'un désenchantement qu'elle se préparait peut-être, par un de ces coups de tête de fille sans expérience et sans raison.

XIII

Près d'un mois s'était écoulé depuis l'installation
de mademoiselle Runières au Cottage, et les quelques mots de correspondance qu'elle avait échan-
gés avec Jean ne pouvaient contenir que des faits
indifférents qui ne les exposassent point à rien
trahir, lorsqu'une lettre de son notaire de Grasse
vint lui annoncer la conclusion définitive de ses
affaires d'héritage. Quelques actes à signer à Quimper, et tout serait terminé sans autre intervention. — Il apprenait en même temps que son père
s'était remarié à Londres, ce qui tranchait définitivement tout lien d'intérêt entre eux. — Résolu à se
débarrasser au plus tôt de ce qui lui restait à régler,
il décida un jour une pointe à Cardec, dont il
profiterait pour assurer mademoiselle Jeanne de

son constant intérêt. — Il n'avait plus à craindre d'être un sujet de trouble pour les Derneau, au cas où sa présence dans le voisinage de la Chaumière leur serait connue. Il était à l'aise d'ailleurs si quelque hasard de rencontre révélait un séjour qu'une visite de madame Humphry justifiait suffisamment.

Il partit donc un soir ; le lendemain , dans une voiture louée à Quimper, il reprenait cette route déjà parcourue, un peu étonné lui-même d'une impatience d'arriver au Cottage qui entamait quelque peu son flegme, et qu'expliquait du reste la curiosité bien naturelle de se renseigner sur les suites de son enlèvement. — A Cardec, il s'arrêta à l'auberge, retint une chambre en y laissant son bagage, et repartit.

Une belle matinée de mai égayait le bocage et les champs. — Le long de la route, les pommiers en fleur et les haies de mûriers mêlés d'épines blanches ; tout ce renouveau charmant le pénétrait particulièrement ce jour-là.

— Ma foi ! se dit-il, ce coin de pays est décidément très gentil !

Sa voiture s'engagea bientôt dans le chemin creux coupé dans le bois. — Il apercevait déjà

de loin le toit à clochetons du Cottage, quand,
à un détour, il entendit tout à coup ces mots :

— Tiens, c'est le cousin Jean !

Il leva les yeux, et, sur la crête qui dominait
le ravin, il reconnut Yvonne et Jeanne ; un jeune
homme à l'air un peu martial les accompagnait.

— Bonjour, mon camarade ! dit mademoiselle
Runières.

Assez effarouché d'une telle rencontre, Jean avait
fait arrêter...

— Cousin, laissez votre équipage, ajouta Yvonne
en riant, et grimpez vite nous rejoindre. — Nous
venions appréhender Jeanne, elle passe la journée
à la Chaumière.

Jean restait de plus en plus surpris. Le cocher
congédié, il pratiqua son escalade. Deux petites
mains se tendirent à la fois, prêtes à l'aider. Il prit
celle d'Yvonne, qui se trouva naturellement tout
à point pour lui offrir sans façons ses joues
roses.

— Cousin, dit gaiement le jeune homme, mon
nom est Paul Derneau ; nous n'avons pas besoin
d'autre présentation entre nous, je pense.

Jean se retourna à cette voix, et demeura frappé
d'une étrange ressemblance déjà dénoncée par

Yvonne. — Même taille, mêmes traits, mêmes yeux, avec quelque chose de ses façons résolues.... Il crut vaguement se revoir à vingt-cinq ans.

Absolument dérouté par une suite d'incidents qu'il n'avait point prévus, il fit cependant bonne contenance en lui rendant sa bienvenue.

— Méchant camarade, reprit Jeanne d'un ton de reproche et avec cette inimitable grâce qui n'appartenait qu'à son originale personne, un mois sans venir !

Puis, remarquant son étonnement de la voir en compagnie de Paul et d'Yvonne :

— Nous voulions vous faire une surprise, dit-elle en riant. — Voilà où nous en sommes depuis le lendemain de votre départ, grâce à ma gentille Yvonne.

— Oh ! cela n'a pas été long, ajouta Yvonne. Au matin, après avoir pris l'avis de maman, j'ai fait seller Noirot et je suis tombée au Cottage. J'ai demandé mademoiselle Humphry, un peu inquiète pourtant ; d'après son nom, je ne sais pourquoi je m'étais imaginé une vieille fille. Elle accourt ; vous jugez de l'effet quand je la vois. Je fais une révérence. — Mademoiselle, je suis la cousine de mon cousin Jean... — Voilà qu'elle

m'embrasse, je lui rends son baiser, et prrrout!
nous partons dans nos bavardages! Bien entendu,
à la fin de ma visite, je l'emmène à la Chaumière... où nous avons l'honneur de vous prier
de nous suivre, attendu qu'elle y vient déjeuner.

Jean hésitait à répondre; pris au dépourvu
devant cette innocente franchise, il ne savait quel
prétexte de refus alléguer, après une déclaration
de parenté qui rendait sans doute aux yeux
d'Yvonne toute autre forme d'invitation superflue.
Si discret qu'il voulût être d'ailleurs, sa présence
à Cardec éventée, il n'était guère facile de décliner
une visite à la Chaumière, sans courir le risque
d'éveiller dans l'esprit de Jeanne et de ses com-
pagnons le soupçon de quelque mésintelligence.
Il se dit qu'après tout mieux valait prendre bravement son parti, quitte à s'expliquer avec Marius
Derneau sur cette nouvelle intrusion.

Ils reprirent leur route à travers le fourré, en
vrais écoliers en escapade. Au milieu de ces éclats
de gaieté si peu attendus, alors qu'il croyait
rompre une triste solitude, Jean était pourtant
troublé dans ses réflexions. Cette intimité de
Jeanne avec Yvonne le jetait tout à coup dans un
courant de pensées qui embarrassait un peu sa

conscience, à l'idée que l'hospitalité si cordiale-
ment offerte à mademoiselle Humphry s'adressait
à la nièce du baron Sauvageot. Il y avait certes là
un concours de circonstances délicates qu'aggravait la situation de Jeanne.—Pris de scrupules, il
songeait à part lui qu'il allait être contraint de s'en
ouvrir loyalement avec Marius Derneau, sous peine
d'encourir un jour le reproche de l'avoir abusé par
son silence, ou même de l'avoir compromis dans
une aventure qui pouvait n'être point sans péril.

Ce fut sous le souci de ces préoccupations que
Jean arriva à la Chaumière; mais là il fut encore
bien plus surpris. — Sans paraître le moins du
monde étonnée de sa venue, madame Derneau
l'accueillit avec son bon sourire grave, et, à la
façon dont elle lui tendit la main, il devina qu'il
était attendu.

— Nous vous gardons, cette fois, dit-elle. Votre
chambre est déjà prête depuis longtemps.

Et, sans lui laisser le temps de répondre, elle
donna ordre à un domestique d'aller chercher son
bagage à Cardec. Marius, averti par Paul, survenait à cet instant.

— Que n'avez-vous envoyé une dépêche? lui dit-
il; je vous aurais fait prendre à Quimper.

Tout cela était dit d'un ton si simple et si confiant que Jean comprit l'inutilité d'un refus. Invoquer son désir de rester à l'auberge, c'eût été certainement dénoncer pour tous une inexplicable discrétion. — Concluant donc à la nécessité que les circonstances imposaient, il n'hésita point à s'y soumettre, et, sans aucune objection, il suivit Marius à la chambre qui lui était destinée, un peu soucieux pourtant de la communication qu'il se voyait contraint d'aborder avec lui, au sujet de mademoiselle Runières.

— J'ai reçu hier une lettre de Cavaillon qui m'apprend qu'il a tout terminé, dit Marius, dès qu'ils furent seuls. Je veux encore vous remercier de l'aide que vous m'avez apportée dans tous ces arrangements.

— Bon ! puisque tout est fini, n'en parlons plus, répliqua Jean. — Mais c'est moi qui suis forcé maintenant d'avoir recours à toute votre indulgence à propos d'une affaire épineuse que le hasard a amenée, contre mes prévisions, et pour laquelle j'ai besoin d'excuse auprès de vous.

— Que voulez-vous dire ? demanda bonnement Marius. — Y aurait-il quelque acte qui ne marcherait pas ?..

9.

— Non, non, s'écria Jean. Il s'agit d'autre chose!... Je veux parler de mademoiselle Humphry et des bontés, dont nulle plus qu'elle n'est digne du reste, que vous avez bien voulu lui témoigner dans votre famille.

— Rien n'était plus simple, reprit Marius Derneau. — N'est-elle point votre amie?..

— Certes, oui; mais, ne prévoyant pas une aussi gracieuse démarche des vôtres, je dois vous avouer que je n'avais point cru utile de vous révéler un secret important pour elle, qui eût peut-être modifié vos dispositions à son égard. En la retrouvant ainsi chez vous, et ne me jugeant pas le droit de vous engager à votre insu, je me considère comme tenu, par ma loyauté, de vous dévoiler le vrai nom qu'elle cache sous un nom d'emprunt.

— Quoi! dit Marius, elle n'est pas mademoiselle Humphry?

— Mademoiselle Humphry est sa gouvernante qui passe ici pour sa tante. — Son véritable nom est Jeanne Runières, et elle est la nièce du baron Césaire Sauvageot.

— Que me dites-vous là?... s'écria Marius stupéfait.

Jean lui confia alors les circonstances qui avaient déterminé l'étrange résolution à laquelle il avait prêté son concours. — Il révéla la détresse de la jeune fille, dans cette lutte indigne où se révoltaient son âme et son cœur, et jusqu'à ses plus chastes instincts de pudeur filiale ; le complot ourdi contre cette fortune, objet des plus âpres convoitises, et sa fuite de la maison profanée de son père, et son abandon dans la vie. — Marius écoutait ému, presque indigné. Quand il eut tout entendu, il demeura un instant réfléchi.

— Il y a d'étranges fatalités ! murmura-t-il. Mais vous avez bien fait de tout me dire.

— Que résolvez-vous ? demanda Jean.

— Nous serons deux à la protéger, répliqua Marius. Seulement, permettez-moi de mettre ma femme dans cette confidence. Il importe que mademoiselle Jeanne ne soit point troublée par la pensée qu'elle est reçue chez nous par un subterfuge. Une hospitalité franche est plus digne d'elle et de nous. — Dites-lui que nous savons tout, et comptez sur notre prudence comme sur la vôtre.

La cloche du déjeuner les appelait. Ils descendirent ; les enfants accoururent au-devant du cousin avec des cris de joie. — Tandis qu'il causait avec Jeanne et avec Yvonne, Jean remarqua que Marius, à l'écart, parlait tout bas à sa femme. A son air surpris, au regard qu'elle porta sur Jeanne, il devina le sujet de leur entretien ; il en comprit l'effet, quand, avec un sourire, madame Derneau attira Jeanne, prit sa tête dans ses mains, et, l'embrassant sur le front, lui glissa quelques mots à l'oreille. — Jeanne devint toute rouge, puis d'un élan spontané elle se jeta dans ses bras, et quelques pleurs mouillèrent ses yeux. N'y avait-il point là comme une absolution pour elle de l'acte hardi auquel elle s'était vue réduite ? — On passa dans la salle à manger.

Dans le cours excentrique de son existence isolée, Jean ne s'était jamais assis que comme un étranger, à quelque foyer d'amis de rencontre que le hasard avait placés sur ses pas. En dépit d'une sorte de gêne qu'une complication aussi extraordinaire imposait entre Marius et lui, troublé par un sentiment bizarre, et sans y songer, en reprenant ce jour-là sa place à un repas de famille, il s'étonna presque de se découvrir certaines fibres qu'il s'était ignorées jusqu'alors. Malgré lui, peut-être, sous le joug de ce fameux *quem nuptiæ demonstrant* qui l'agitait un peu, dans ce milieu familial et charmant, une vague impression de *home* le berçait pour la première fois, il lui semblait n'être plus en voyage, et cette singulière réflexion le frappait, qu'au milieu de ces gens qu'il connaissait à peine il s'oubliait presque à se sentir à l'aise, comme s'il les eût retrouvés après une longue séparation.

Ce n'était certes là que la déduction logique d'une originale conjoncture qui n'entamait en rien son sang-froid ; mais, par surcroît, sans qu'il sortît de sa réserve, il devinait qu'un même courant de pensées s'imposait à ses hôtes, comme si la conscience secrète de ce bizarre état légal, qui subsistait malgré tout, eût prévalu d'elle-même en dépit des vaines conventions de son incognito résolu. Il n'était pas jusqu'aux gentilles attentions d'Yvonne, ou à la naïve familiarité des enfants, ravis de leur cousin d'Amérique, qui n'ajoutassent une note confiante en ce conflit d'émotions cachées. — En somme, tout cela n'avait rien de déplaisant. Jean s'y prêtait de bonne grâce, et l'entrain de jeunesse et de gaieté le gagnait si bien qu'il lui semblait entrer dans un ordre de sensations ingénues, dont le charme

le surprenait tout à coup dans son insouciance
de blasé.

A un moment, Yvonne se pencha vers Jeanne,
et lui parla tout bas. Puis Jeanne tourna les
yeux vers Paul, et elles chuchotèrent. A leurs
regards, il devina qu'il était encore question de
cette singulière ressemblance qui l'avait lui-
même frappé.

— Ah ! vois-tu, maman, s'écria Yvonne, Jeanne
dit comme moi que Paul a tout à fait l'air
d'être le frère de notre cousin Jean.

Ce mot d'innocente eut, comme la première
fois, un effet si étrange que Jean en ressentit un
subit embarras, en voyant le trouble de Marius
et de madame Derneau ; et, s'empressant de
sauver la situation :

— En effet, chère cousine, dit-il, dans notre
parenté, le type provençal nous donne à tous un
air de famille très caractérisé.

On se levait de table, madame Derneau prit le
bras du cousin pour entrer au salon. Marius et
son fils s'en allèrent à l'usine. — Tandis qu'Yvonne
et sa mère vaquaient à leurs soins de ménagères,
Jeanne et Jean descendirent au jardin ; il lui
donna des nouvelles de sa mère, qu'il avait

vue la veille, et la rassura sur sa parfaite santé.

— Eh! bien, dit-il, commencez-vous à n'être plus inquiète?

— Ah! répondit-elle avec effusion, comment tremblerais-je encore, si sûrement protégée par vous?

— Que vous a dit tout à l'heure madame Derneau? demanda-t-il en souriant.

— Elle m'a appelée *trompeuse*, en prononçant tout bas mon nom à mon oreille. — Ah! quel battement de cœur j'ai eu de me sentir ainsi pardonnée par elle. — Hélas! ajouta-t-elle amèrement, il me semble que d'aujourd'hui seulement je comprends ce que c'est que d'avoir une mère.

— J'ai de grandes nouvelles à vous annoncer, reprit-il, j'ai vu à Paris quelqu'un qui vous intéresse.

— Ah! s'écria-t-elle... *il* est arrivé?

Jean l'observa un instant.

— Ne le saviez-vous pas?

— Il m'a écrit qu'il voulait quitter Rome pour se rapprocher de moi, répondit-elle en rougissant un peu, mais j'ignorais son retour.

— Et maintenant, qu'allez-vous faire?

— Je vous attendais pour prendre vos conseils.

ne me croyant pas le droit de lui dire où je suis, sans votre consentement.

— Et, mes conseils, vous seriez disposée à les suivre ?

— Après ce que j'ai fait, ma seule excuse est d'être loyale, en restant fidèle à la parole que je vous ai donnée de me laisser guider par vous.

— Et, s'il demandait à vous revoir ?

— Vous décideriez si vous pouvez le permettre, et, si vous le défendiez, je vous obéirais.

— Sans regrets ?

— Sans regrets... je n'ose l'assurer ! mais je me dirais, si vous m'imposiez cette épreuve, qu'elle est le rachat de ma faute, et je m'y soumettrais, certaine qu'il n'y aurait là de votre part que le souci de moi-même. J'ai fui la maison de ma mère, le monde me calomniera, je l'ai compris : mais je m'estime trop pour ne point vouloir vous laisser, à vous du moins, une plus haute idée de ce que je vaux.

— Et vous résisteriez à ses prières ?

— Monsieur de Mauvert sait ce que j'ai osé pour me garder à lui ; s'il pouvait douter de ma constance, je cesserais de l'aimer. — Dans un

an, je lui confierai tout. Si sa foi hésitait alors,
il ne serait plus digne de moi.

Jean l'écoutait surpris de ce langage.

— Eh! bien, mon camarade, ajouta-t-elle en
souriant, pourquoi me regardez-vous ainsi?

— C'est que vous avez parfois une telle façon
de dire les choses raisonnables, que je me demande si ce n'est pas moi qui devrais me
mettre sous votre tutelle.

— Vous riez, mais ne vous y fiez pas! J'ai
une pauvre tête qui a besoin d'être gouvernée,
et qui prend la direction qu'on lui donne, voilà
tout! — Près de vous, j'ai de la raison parce
que je me sens soutenue par votre force, et que
je sais comprendre que ma soumission seule peut
sauver mon avenir. C'est pourquoi il ne faut pas
que vous m'abandonniez, dussiez-vous me faire
souffrir et... *le* faire souffrir comme moi d'une
séparation nécessaire. — *Il* est bien triste et
bien inquiet, n'est-ce pas?

— Ah! très triste! répliqua flegmatiquement
d'Erneau sans sourciller.

— Eh! bien, si... à défaut d'une possibilité
de nous revoir, je consentais à lui écrire chaque
semaine, comme il m'en supplie?

— Je n'y verrais aucun péril, répondit-il en souriant, si vous ne commettiez point l'imprudence de lui révéler où vous êtes... car il accourrait, n'en doutez pas.

— Oh! je le lui défendrais!

Yvonne les rejoignait; l'entretien fut rompu.

XIV

Après cette première journée passée à la Chaumière, seul le soir dans sa chambre, Jean se mit
à songer à ce qui lui arrivait. Cette évidente ressemblance, entre le fils aîné de Marius et lui, l'a-
vait jeté dans des réflexions d'un ordre tout nouveau qui entreprenaient sur ses idées d'indépendance, et il en venait à se demander s'il ne lui
fallait point conclure en se décidant une filiation
définitive, au détriment formel du baron Sauvageot. Sans croire à ces intuitions du cœur
qu'il considérait comme des illusions résultant du
joug des préjugés, il ne pouvait se dissimuler
que l'hospitalité du Provençal semblait incontes-
tablement régler entre eux la reconnaissance tacite d'un droit légal qui primait toute conven-

tion vaine. Malgré qu'il en eût, et toute déduction logique formulée, il était dans la maison de son père, il n'y avait plus à sortir de là, et cette idée le surprenait.

Le lendemain, d'Erneau, peu matinal, dormait encore, lorsqu'il fut réveillé par deux voix jeunes qui chantaient sous ses fenêtres :

> Bon saint Jean, protégez-nous...
> Donnez richesse aux étables.
>
> . . . .

C'étaient Yvonne et Paul qui lui donnaient cette aubade. Il ouvrit ses volets. Aussitôt des bouquets l'assaillirent, jetés par les enfants avec de grands éclats de rire.

— Cousin ! c'est aujourd'hui 6 mai, la Saint-Jean, lui cria Yvonne. — Oh ! le paresseux qui dort, quand nous l'attendons pour lui souhaiter bonne fête !

Jean, qui n'avait jamais songé à son saint, trouva ce réveil charmant. L'attention des enfants à guetter son lever témoignait qu'il était définitivement posé, à la Chaumière, comme faisant partie de la famille.

— Ah çà ! décidément, se dit-il, est-ce que

la voix du sang serait autre chose qu'un conte de bonne femme?... Je veux bien que le diable m'enlève si tout ce petit monde-là n'a pas l'air de céder à un ins inct naturel, en me traitant en frère aîné.

Lorsqu'il descendit, madame Derneau achevait un énorme bouquet.

— Ah! vous éventez ma surprise, lui dit-elle en riant. — Enfin, je vous embrasse toujours en vous assurant de mes vœux.

Puis, ce fut le tour de Marius qui survint; à la façon dont il lui tendit la main, on eût dit que Jean n'avait jamais vécu hors de la maison.

Le train de la Chaumière était un confort sans recherches, où rien n'annonçait la préoccupation de briller. — Jean s'aperçut, dès le premier matin, que, sous le dehors modeste de cette simple existence de meunier, se cachait le fonds solide d'une opulence qui semblait s'ignorer. Après le déjeuner, voulant faire une course au Cottage, il entra avec Paul aux écuries. Dans des boxes tenus à l'anglaise, il fut tout surpris de trouver une douzaine de chevaux qu'il eût enviés à Paris.

— Vous voyez là nos produits, lui dit Paul.

Quand il vous plaira de sortir, vous ferez votre choix, et vous donnerez vos ordres à Tony.

Engagé presque malgré lui par un pareil accueil, il était difficile que Jean ne restât point quelques jours. Cette singulière impression de la famille, si nouvelle pour son esprit positif, lui semblait une curiosité dont l'analyse, après tout, n'était point sans profit. Accoutumé au *self-government* de sa vie, il lui paraissait bizarre de se sentir gagné par des sentiments qui lui créaient un intérêt en dehors de lui-même. Il trouvait, ma foi, fort plaisant d'être ainsi choyé, en passant, dans ce milieu qui s'aimait. Chaque jour il allait au Cottage, ou Jeanne venait à la Chaumière, et son rôle de jeune tuteur près d'elle lui semblait vraiment original. — Parfois, dès l'aube, Yvonne faisait seller Noirot.

— Jean, en route! criait-elle.

Ils partaient tous deux pour quelques visites de charité, ou sans autre but que de courir les bois. — Le plus souvent, dans ce dernier cas, ils allaient chercher Jeanne, et c'étaient des parties dont le fonds de gaîté lui donnait de ravissantes aubaines. Si blasé qu'il fût, tout en galopant entre elles, en écoutant leur babil, il s'étonnait de son emploi de protecteur auprès de ces innocentes, confiées à sa garde. Parfois l'idée qu'il était le frère d'Yvonne lui venait à l'esprit, et une pointe de sentiment lui poussait. Il se sentait chatouillé dans son orgueil, à la voir si pimpante et si jolie. Cet éveil de sensations toutes neuves auxquelles il s'abandonnait en épicurien délicat offrant à son scepticisme quelques jours de vacances, lui paraissait comme une excursion dans l'églogue. A tout prendre, c'était un repos. Son rôle était à coup sûr flatteur et distrayant, à quelque titre qu'il l'exerçât. — Sur cette pente d'une intimité que son titre déclaré de cousin autorisait avec Yvonne, la camaraderie de Jeanne et ses grâces hautaines s'étaient fondues en une charmante familiarité de pupille volontaire et fantasque du plus piquant effet. Il en retirait mille aimables privautés qui établissaient entre eux une forme d'amitié à laquelle ses allures galantes de jeune tuteur donnaient un adorable attrait. Quand elle ne venait point à la Chaumière, il allait au Cottage, à toute heure. —Jeanne était ravie de ce courant de liberté si nouveau pour elle, et qu'elle appelait sa vie de garçon.

— Ne suis-je pas citoyenne américaine ?
disait-elle en riant.

Ils s'échappaient tous deux, laissant miss Clifford
au logis, et, à travers bois, gagnaient joyeusement la grève. Tout en devisant, Jean était cependant parfois distrait ; il regardait son camarade. — Le teint animé par la course, alerte en
sa démarche élégante, Jeanne avait un éclat de
beauté, des grâces souveraines qui l'impres-
sionnaient malgré son flegme, et lorsqu'elle
fixait sur lui ses grands yeux, il se disait, ma
foi, que son rôle de sauveur n'était point sans
péril. Au cours de leurs causeries, ils philoso-
phaient souvent. Douée de cette précoce raison
qu'un monde de pensées avait forcément mûrie,
elle l'interrogeait avec une hardiesse juvénile
sur ce grand inconnu de la vie dont toute fille
se forme un idéal si confus. Jean se sentait aimablement troublé par cette confiance d'ingénue qui
le prenait pour Mentor, et son scepticisme s'oubliait à la suivre dans des abstractions sentimen-
tales, où il mêlait gravement un peu de cette science
de la vie qui est l'arme des forts. Parfois aussi,
s'échauffant lui-même à l'enthousiasme de ce jeune
esprit, il abordait les hautes questions humaines.

— Mais on ne m'a jamais parlé ainsi, disait-
elle. Il fallait que vous fussiez mon ami pour
que j'entendisse ce fier langage qui me révèle
si bien le vrai... Je m'aperçois que l'on m'a
toujours traitée comme une poupée !

Jean n'était point un naïf, pourtant l'ascendant qu'il se sentait sur cette originale fille
n'était point sans le flatter. — Trop roué pour s'at-
tarder aux lieux communs des sceptiques vulgaires, il connaissait trop les femmes pour ne
point les estimer. L'étrange aberration de son
étoile le jetait pour la première fois dans un
ordre de réflexions inconnues. Cette rencontre
avec la chasteté le surprenait. Il riait volontiers
de lui-même en ce commerce d'innocence ;
mais des hauteurs de son flegme, tout en se
raillant, au contact de cette candeur qu'il n'avait
jamais cultivée, de cette naïveté qu'il classait
parmi les sentiments primitifs, le souvenir des
femmes qu'il avait eues pour maîtresses lui revenait à l'esprit, et, analysant même ce qu'il ressentait pour lady Maud, il découvrait que ces
régions du cœur inexplorées par lui méritaient
quelque estime.

A coup sûr, l'idée d'une séduction n'effarouchait

10

pas beaucoup Jean d'Erneau, et supplanter Mauvert lui paraissait une œuvre pie. Il avait néanmoins des scrupules qui l'embarrassaient un peu. — Avec une héritière d'un tel renom, étant donnée la réparation qui ne pouvait manquer de s'ensuivre, la plus légère tentative prenait le caractère fâcheux d'un acte prémédité qui devait l'abaisser aux yeux de Jeanne. Essayer pareille aventure n'était-ce point déchoir de ces hauteurs où son imagination naïve l'avait placé, en venant se mettre si hardiment sous sa garde ? — Il entrevoyait là une sorte de trahison malpropre et vulgaire qui sentait l'intrigant d'une lieue, et le destituait d'un rôle dont l'originalité n'était pas le moindre prix.

Deux semaines s'étaient écoulées cependant, et Jean d'Eerneau, venu pour quelques jours, ne songeait que très vaguement à partir, s'accommodant fort bien, de cette existence facile au sein des félicités champêtres. Il avait le caractère trop équilibré pour ne point répondre à ces avances d'affection simples, en déployant ses meilleures grâces. A quelque titre que ce fût, l'accueil hospitalier des Derneau avait un accent de sincérité qui semblait naïvement lui reconnaître des droits. — Les façons de Marius reflétaient ce calme

de la force que Jean estimait par-dessus tout ;
et, bien que jamais aucune allusion à leur secret
étrange ne fût soulevée, il devenait évident que
le fait légal s'imposait décidément entre eux,
dans toute sa réalité indéniable. Il en résultait de la
part du Provençal une sorte de familiarité grave,
qui ressemblait presque à un acte de réparation
dont sa conscience troublée lui eût prescrit le
devoir étroit. — Avec Paul, les relations s'étaient
bientôt changées en une véritable amitié que la
différence d'âge rendait peut-être d'autant plus
vive que Jean y apportait malgré lui l'influence
secrète d'un frère aîné.—Caractère réfléchi, Paul,
avec ses vingt-cinq ans, avait ce certain sens droit
et sérieux qu'une éducation plus virile imprime
déjà, quoi qu'on en dise, à notre génération
nouvelle, depuis que des désastres ont corrigé
nos jactances. A dix-huit ans, il s'était engagé
pour la guerre, et deux années de régiment l'a-
vaient fait un homme, à l'âge où l'on quitte à
peine les bancs de l'école. De brillantes études,
complétées par un voyage d'Europe, et par le
travail pratique des hautes questions de l'industrie, avaient trempé son esprit, sans rien atténuer
de cette grâce juvénile qu'une éducation saine lui

avait conservée. Solide comme son père, il tenait
de sa mère une sorte de sensibilité profonde qui
dénonçait la fougue de l'âme jusque dans ces
gaîtés si franches qui respiraient le bonheur et
la poésie de la jeunesse. A coup sûr, si Jean se
fût jamais souhaité un frère, il l'eût rêvé ainsi.
Paul, de son côté, s'était pris d'admiration pour
ce cousin dont il sentait la supériorité mâle, et
qui se faisait si bon enfant pour lui.

Indifférent aux reproches de lady O'Donor qui
l'attendait, Jean se fût peut-être oublié dans
ce milieu patriarcal, quand un jour il reçut de
Quimper, la seule adresse qu'il avait donnée à
son parrain, une lettre ainsi conçue :

« Nous sommes sur les traces de Jeanne, et
il n'y a que toi seul qui puisses nous aider à
compléter les renseignements certains que nous
avons déjà. — Accours, si cela t'est possible, ou
dis-moi du moins si ton retour est prochain.

» Baron C. Sauvageot. »

La nouvelle était d'importance. — Bien que
ce billet laconique témoignât précisément par
son envoi en Bretagne qu'on ignorait tout à
Paris, et que rien ne menaçait encore la sécurité
de Jeanne, il eût été imprudent de n'y point

répondre en s'empressant de se rendre à l'appel qu'il contenait. — Depuis plus d'une semaine, Jean retardait son départ de jour en jour ; il se décida, non sans regrets.

— Bah ! se dit-il, c'était gentil, mais il ne faut pas trop s'acoquiner dans ces mollesses !

Sa résolution prise, il s'en alla au Cottage. Jeanne fut très attristée en apprenant ce brusque départ, dont il se garda bien de lui dire la cause. Elle lui fit promettre de revenir au plus tôt.

— Est-ce pour moi, ou pour qui je dois vous amener que vous me montrez une si aimable insistance ? dit-il en riant.

Elle rougit un peu à cette question. Au cours de leurs causeries, ils avaient décidé d'accorder à Mauvert le bonheur qu'il sollicitait de la revoir.

— Vous êtes un méchant, répondit-elle avec une gracieuse moue de reproche. — N'êtes-vous plus mon camarade, et mon conseil, et mon guide ?

Il fut convenu que, prenant avis des circonstances, Jean déciderait le moment opportun de l'entrevue projetée des deux amants. Mauvert viendrait alors avec lui passer deux jours à

10.

Cardec, en s'entourant du plus grand mystère, pour masquer son absence de Paris. Jeanne lui remit une lettre que, comme les autres, il devait faire parvenir à sa mère. Le soir, enfin, après un dîner d'adieux à la Chaumière, il partit.

XV

Fort intrigué par la lettre du baron Sauvageot, en arrivant à Paris, Jean d'Erneau se rendit chez son parrain, qui le reçut à bras ouverts,
avec une effusion qu'il trouva intempestive.

— Eh ! bien, vous avez du nouveau, m'avez-
vous écrit ? dit-il. J'en suis vraiment enchanté
pour cette pauvre madame Runières.

— Oh ! ce n'est encore qu'un espoir, répondit
le tuteur de Jeanne, car nous ne tenons qu'un
faible fil ; mais par bonheur ce fil est dans tes
mains, et, si tu le veux, tu auras bientôt dé-
brouillé l'écheveau.

Jean eut un petit mouvement d'impatience.

— Votre métaphore est ingénieuse, et particulièrement neuve, répliqua-t-il d'un ton sec ; mes

compliments !... Mais, vous savez, je ne suis un bon dévideur que lorsque je tiens le peloton tout entier. — Expliquez-vous donc comme un honnête baron sans forcer votre éloquence.

— Eh ! bien, lady O'Donor sait tout !

— Lady O'Donor ?...

— Elle connaît la retraite de Jeanne. Elle sait le nom de celui qui l'a aidée dans sa fuite.

— Et ce nom, l'a-t-elle dit ? demanda Jean sans broncher.

— Non. — Cependant elle a donné à madame de Mairan, par qui le propos nous est revenu, une indication qui prouve qu'elle n'ignore rien de tout ce qui s'est passé.— Le soir même de leur disparition, Jeanne et miss Clifford ont été installées à Meudon, sous le nom de madame et mademoiselle Humphry, dans une maison louée pour elles par un inconnu qui venait les voir chaque jour. Elles sont restées là une semaine, pendant que nous faisions surveiller la frontière, et que nous les croyions à l'étranger.

— Quelle histoire ! s'écria d'Erneau en haussant les épaules. Je reconnais bien là l'imagination de lady O'Donor... qui n'a d'égale d'ailleurs, à ce que je vois, que votre crédulité. — Voyez-vous la belle apparence que ce ravisseur inconnu ait agi d'une façon aussi naïve !

— Tu le crois ? — Eh bien ! nous avons vérifié le fait, et rien n'est plus exact. Le signalement de Jeanne, celui de miss Clifford, complété par son accent, la toilette qu'elles portaient ce jour-là, leur arrivée sans bagages, à l'heure qui coïncide avec leur départ du bois, quelques menus objets oubliés par l'Anglaise, et que ma sœur et les femmes de chambre ont reconnus...

— En ce cas, vous êtes sur leurs traces ?

— Ah ! voilà ! Ici, le fil se brise. — Après avoir demeuré là quelques jours, sans mettre le pied hors du jardin, un soir elles sont parties en voiture avec l'inconnu, comme pour une promenade dans le bois, et on ne les a plus revues.

— Tiens, tiens, dit Jean avec flegme, c'est en vérité fort bien joué, tout cela !... Avec un tel gaillard, vous n'étiez pas de force, mon cher baron... Par malheur, pendant ces huit jours-là, moi, j'étais à Grasse et en Bretagne. — Vous avez laissé échapper l'oiseau quand il était à portée de votre main !

— Oui, mais te voilà ! Lady O'Donor semble évidemment savoir le reste, en supposant même

qu'elle ne soit pas complice... car, excentrique
comme elle est, elle est capable de tout. Il n'y a
que toi seul au monde qui puisses la faire
parler. C'est pourquoi je t'ai prié d'accourir.

— La faire parler, elle ? s'écria Jean en riant.
Ah çà ! vous ne la connaissez donc pas ?

— Si ! si ! je la connais. Mais, reprit le baron
en hésitant un peu, tu as, toi, des moyens d'influence que...

A ces mots, le filleul eut un certain regard qui
arrêta tout net le baron Sauvageot.

— « Des influences que... » Qu'est-ce que vous
voulez dire ? ajouta Jean froidement.

— Enfin, mon ami, répondit le parrain,
essayant un sourire entendu, on dit, ou du
moins... on croit qu'il y a entre vous... des rela-
ti ons qui te permettent...

— Oh ! halte-là ! mon cher baron, dit Jean
avec hauteur, il me semble que vous entrez un
peu bien avant dans des choses que je ne sache
pas vous avoir jamais donné le droit d'aborder
avec ce sans-gêne, et je ne suppose pas que,
de son côté, lady O'Donor vous ait fait une pareille confidence.

— Ne te fâche pas, ne te fâche pas ! reprit

vivement le baron, un peu confus. Je te répète
ce que certains propos du monde...

— Ces propos, on ne les tient pas devant moi,
du moins !...

Le baron se tut.

— En somme, reprit Jean, comme je n'ai
point à défendre lady Maud, ces restrictions
faites sur des médisances qu'il m'appartient de
relever, je n'ai aucune raison pour ne point user
de la bonne amitié qu'elle me témoigne...

— Tu la verras ?

— Oui ; mais je doute qu'elle se prête à vos
désirs. Elle a une bonne petite haine pour
madame Runières, plus forte que ses bontés
pour moi. D'ailleurs, si quelque hasard l'a mise
sur la trace des premiers pas de mademoiselle
Jeanne, il est probable qu'elle ne sait pas plus
que vous ce qu'elle est devenue.

— Mais si elle connaît celui qui a préparé le
coup ?

— Oui, en effet, répliqua Jean ; mais le tout
est de savoir s'il lui plaira de le nommer...
N'avez-vous rien tenté près d'elle ?

— Oh ! assurément si ! — Mais mes instances
ont été inutiles.

— Que vous a-t-elle dit enfin ?

— Elle a prétendu n'avoir rapporté qu'un vague propos qu'elle a surpris au passage, sans pouvoir en indiquer la source.

— Bon ! J'irai la voir un de ces jours.

— Mais il faut te hâter, car elle va partir, dit-on, pour sa villa de Côme.

Quoique Jean d'Erneau ne fût point homme à s'émouvoir beaucoup de ce qu'il apprenait, il n'en ressentit pas moins une vive irritation contre lady O'Donor. Les détails donnés par elle étaient trop précis pour qu'il fût possible de s'en dissimuler l'importance. Quant à redouter qu'elle osât jamais le trahir, il n'y songeait même pas ; mais il demeura fort intrigué du fait même de cette aventure. — Le hasard seul n'avait pas instruit Maud, et il se demanda par quelle voie elle avait surpris ce mystère. Il y avait là en tous cas, à défaut d'une complète découverte, un audacieux manège d'inquisition dans sa vie, qu'il n'était pas d'humeur à tolérer. Les indiscrétions encore voilées pouvaient être une menace. A coup sûr, lady O'Donor avait perdu les traces de Jeanne, mais il fallait pénétrer cet esprit subtil, et détourner des soupçons dont il prévoyait déjà le danger. — Quoi qu'il en dût advenir, il résolut de mettre ordre à des inconséquences encore sans gravité, et ce fut avec ces dispositions d'humeur qu'il se rendit chez sa maîtresse. Un valet l'introduisit dans un boudoir donnant sur les jardins.

Lady O'Donor, à demi couchée sur un divan, lisait le dernier roman du jour. A l'entrée de Jean, elle rougit un peu.

— Ah ! vous revenez enfin de votre Bretagne, mon cher Jean?.. dit-elle.

Et, sans bouger, la tête renversée sur ses coussins, elle l'attira par la main en lui tendant ses lèvres.

— Oui; grâce au ciel, je reviens, ma petite Maud abandonnée, répondit Jean, et j'ai été bien triste loin de vous.

— Tu es barbare ! reprit-elle en le tenant embrassé un instant. Mais est-ce fini au moins, cet interminable arrangement d'affaires, qui m'a volé déjà presque un mois de ma vie?

— A peu près, sauf quelques détails insignifiants qui réclameront peut-être parfois deux ou trois jours de présence là-bas.

— Alors ce n'est plus rien, ajouta-t-elle

souriante, et, dans ce cas, je serai du voyage.

— Parfait ! s'écria-t-il flegmatiquement. Je reconnais bien là mon écervelée. — Me voyez-vous arriver là-bas en pareil équipage?

— Bon, dit-elle avec ses airs de chatte, mon cher seigneur trouvera bien quelque petit coin pour me cacher. Je mettrai mes habits de garçon, comme au temps de nos escapades en Brienza, et je le suivrai, comme Lara, dans ses courses chez le notaire.

— Ce sera charmant! reprit d'Erneau en riant.

— Oh! c'est dit. — On n'a pas une pauvre infortunée qui vous aime pour la délaisser ainsi... Je commettrais quelque crime d'abord...

— Oui, dit Jean, qui saisit l'occasion d'aborder ses griefs, et vous avez déjà commencé par un méchant tour que je viens d'apprendre du baron Sauvageot.

— Quoi?.. demanda-t-elle nonchalante. Voulez-vous parler des nouvelles que j'ai pu donner sur le voyage de santé de sa nièce ?

— Précisément !

Elle le regarda dans les yeux.

— Jean, dit-elle d'un ton tout à coup plus sérieux, en sommes-nous là ?..

— Que trouvez-vous d'étrange à ce que je vous gronde d'un propos si baroque?..

— Mais, en me cachant cette aventure, vous ne m'avez pas demandé le secret, mon cher Jean.

— Je m'étonne seulement que vous en soyez informée.

— Votre cocher Jim l'a raconté à ma femme de chambre Fanny, voilà tout.

— Ah!.. je comprends alors pourquoi Jim, un jour, a disparu. Vous l'aviez acheté.

— Oui, mon cher Jean, répliqua-t-elle sans se départir de son calme, cela m'était très commode.

— Et que concluez-vous de cette découverte?

— Je conclus, mon ami, que, si fidèle que je sois à notre pacte de ne jamais suspecter quelque action que ce soit de l'un de nous, et de nous servir même au besoin dans nos fantaisies les plus capricieuses, sans nous en demander l'un à l'autre aucun compte, j'ai trouvé bizarre que cette fille soit venue se faire enlever par vous.

— Mais, dénoncer cette histoire, c'est aussi m'atteindre, ma chère, répliqua Jean sans sourciller.

— Oh! vous, vous saurez toujours vous tirer
d'affaire !...

— En épousant mademoiselle Runières, alors...
Est-ce ainsi que vous l'entendez ?

— Non, mon cher Jean, car il y a trop de
choses entre nous. — Vous me connaissez
assez, je suppose, pour savoir que toute ma vie
est en vous. Je la défendrais, si je la voyais me-
nacée.

— Même contre moi ? demanda-t-il avec un
froid sourire.

Ce flegme excita tout à coup la colère de lady
O'Donor, en réveillant au fond de son cœur des
amertumes trop longtemps contenues.

— Même contre vous ! s'écria-t-elle, parce que
vous êtes le seul être que j'aie jamais aimé, Jean,
et que vous avez fait de moi votre chose à ce
point, que je ne me concevrais pas sans vous.
— Vous dois-je de la reconnaissance, je l'ignore;
car je suis ce que vous avez voulu que je sois, et
le bien et le mal se confondent à mes yeux, dès
qu'il s'agit d'atteindre un but. C'est un peu votre
méthode. — Or, mon but ici, c'est que cette
Jeanne ne vous prenne pas à moi.

Jean eut un signe de tête approbatif, comme

enchanté d'une argumentation bien conduite, et de ses déductions précises.

— Je suis vraiment fier de vos progrès, Maud, dit-il. Vous êtes évidemment une femme de tête.

— Pourtant vous péchez toujours un peu par l'imagination. C'est un reste de cette nature sauvage que j'aime en vous.

— Ma mère était gypsie, vous le savez, répondit-elle froidement.

— Je le sais, mais ce qui était une grâce, ma chère, lorsque, à quinze ans, vous sautiez à travers les cerceaux, dans le cirque de Cincinnati, n'est plus de saison chez lady O'Donor. La reconnaissance entre nous n'est qu'un mot vide de sens. Vous étiez trop merveilleusement douée d'intelligence et de cœur pour ne point devenir un jour la créature enviée que vous êtes.

— Oh ! j'avais vingt ans, mon cher Jean, quand le bon général m'acheta à ma mère pour m'épouser. Il était déjà trop tard, vous en savez quelque chose, pour que la créature enviée que je suis dépouillât tout à fait ses instincts de race. Et, le jour où vous m'avez retrouvée au comble de cette fortune inespérée qui me semblait à moi-même un rêve, vous avez pu vous convaincre

que je n'avais rien oublié de mes origines. Vos
leçons, par surcroît, ne m'ont point fait défaut.

— Si donc cette allusion à d'autres temps est
entre nous une menace, soit, Jean, j'accepterai la
lutte.

— Mais vous êtes folle !

— Non, je vous aime, voilà tout ! Est-ce
parce que vous m'avez un jour ramassée dans
ma misère, et que vous êtes le premier qui ait
éveillé mes sens ? Est-ce parce que j'ai senti votre
volonté implacable, chaque fois que j'ai voulu
mal faire, ou mettre en danger cet avenir extra-
vagant que je n'ai réalisé que par vous?.. Je
l'ignore... Car il fallait votre main, Jean, pour
dompter ma nature rebelle et me contraindre à
monter où je suis. — D'ailleurs, ajouta-t-elle avec
un étrange sourire, il est des femmes qui n'aiment que l'homme qui ose les battre ; je suis
peut-être de celles-là... Si vous ne m'aviez pas
autrefois cravachée, je serais probablement aujourd'hui dans les bas-fonds de la vie. Ces temps-
là sont passés, et je suis devenue sage à l'abri
de votre force. C'est pourquoi je vous aime, sachant que je n'ai de votre cœur que ce que vous
jugez bon de me donner ; mais sachant aussi que

le lien qui nous attache est solide, parce que
vous tenez à moi comme à votre œuvre... C'est
enfin pourquoi, si j'en venais à vous perdre, il
m'importe peu que vous me brisiez comme je
brise ce joujou que voilà !

Et, disant ces mots, d'un geste tranquille, elle
rompit en deux un éventail duquel elle jouait
tout en parlant. Jean le lui prit des mains.

— Si vous êtes devenue sage, Maud, avouez
du moins que vous avez gardé le plus inutile de
vos instincts de race, qui est cette jolie colère
dont vous troublez votre esprit à propos de la
pauvre Jeanne. — C'était bien la peine de faire
de vous une femme supérieure, pour vous voir
chopper au premier pas, le jour où votre avenir
est résolu.

Ce sang-froid exaspéra lady O'Donor.

— Cette Jeanne nous sera fatale, je vous l'ai
dit, je le sens, je le vois ! s'écria-t-elle. C'est la
seule femme qui m'ait jamais donné cette sensation de la crainte pour mon bonheur. — Expli-
quez comme vous le voudrez cette terreur ; mais
avouez qu'il est étrange déjà que ce soit précisément à vous qu'elle ait confié ses projets de fuite.

— Allons, nous disons là des folies, ma pauvre

Maud, reprit-il en riant pour calmer la belle irritée, et puisqu'il faut vous révéler tout pour chasser vos diables noirs, sachez que dans quelques mois Jeanne épouse M. de Mauvert, à qui elle s'est depuis longtemps engagée. — En l'aidant à quitter Paris, j'étais loin, vous le voyez, de ce rôle romanesque que vous voulez bien me prêter. — Le reste les regarde, et vous n'avez point l'intention, je suppose, de servir ce coquin de Verdier, en troublant le bonheur de deux tendres amants.

En laissant à dessein croître l'irritation de lady O'Donor, dans ce grave entretien qu'il eût pu clore dès le début par l'explication véridique qu'il lui donnait enfin, Jean n'avait eu pour objet que d'aviver des soupçons qu'il savait pouvoir détruire d'un mot. L'exagération même d'un ressentiment légitime devait alors paraître d'autant plus injuste qu'elle créait le véritable tort d'un manque de confiance envers lui. Il en résulta que, tombant des hauteurs d'un courroux qui se brisait subitement devant une accusation qu'il lui démontrait imaginaire, l'orgueilleuse Maud se trouvait réduite à implorer son pardon. — Il voulut bien alors lui dévoiler les circon-

stances qui l'avaient entraîné dans cette aventure, et la démarche de Jeanne, qu'il avait dû lui
taire, jusqu'au jour où il aurait réussi à la mettre
hors de toute atteinte en lui faisant gagner la
frontière...

— Elle est probablement à cette heure avec sa
gouvernante en Suisse ou en Italie, ajouta-t-il
négligemment ; et la suite de ce mystère, ma
chère Maud, est maintenant l'affaire de Mauvert.

— Vous voici donc liée par ma confidence. Si
elle est tardive, n'en accusez que la nécessité où
j'étais de tenir une parole qui m'engageait même
envers vous.

Maud ne demandait qu'à croire, elle promit à
Jean tout ce qu'il voulut.

— Eh ! bien, dit-il le soir au baron Sauvageot,
vous aviez raison, lady O'Donor a su, un instant,
où était votre nièce.

— Elle te l'a confirmé... Elle a parlé ?

— Oui... un hasard ! Comme elle allait à Meudon chez son jardinier qui était en train de
renouveler les serres de son hôtel, elle a positivement vu mademoiselle Runières... Par malheur, elle ne sait rien de plus. — Elle m'a du reste
assuré de sa plus stricte discrétion pour l'avenir.

11.

XVI

Les querelles d'amants sont comme ces nuées
d'orage qui ne traversent le ciel que pour en
rehausser l'azur. Si Jean n'aimait qu'à sa manière, les fougues de lady O'Donor étaient trop
charmantes pour qu'il n'en appréciât point tout
le prix. Sincère autant qu'il pouvait l'être dans
le seul attachement durable qu'il se fût jamais
connu, il trouvait une sorte d'attrait de lutte à
cette jalousie de jeune tigresse qui flattait après
tout son orgueil et ses sens. La possession d'une
telle maîtresse était pour lui au plus haut point
enviable. Les quelques jours qui suivirent furent
remplis des joies du retour, et, les soupçons bientôt
dissipés, ils reprirent leur train, dégagés des soucis
d'un instant.

Cependant, Jean d'Erneau était ainsi fait que le moindre pli de rose lui semblait gênant à son heure. Les beaux jours revenus, le club commençait à devenir désert, et, tout en chevauchant le matin, il songeait malgré lui aux bois de Cardec, il se disait qu'il devait y faire bon par ce jeune soleil de printemps, et que, sans l'humeur inquiète de cette folle de Maud, il donnerait l'essor à des goûts champêtres dont il ressentait pour la première fois la fraîcheur en son esprit blasé. Peu accoutumé à la contrainte, il s'étonna un jour de découvrir positivement que, si doux qu'il pût être, il subissait un joug qui primait sa volonté présente, et le soumettait, en dépit de son libre arbitre, à ces concessions de tendresse que tout amant délicat doit à la femme qui l'aime.

— Mais ce ne fut là qu'un fugitif regret. Correct, épris autant qu'il pouvait l'être, en galant homme, il n'eût voulu pour rien au monde manquer à l'un de ces égards qui semblent constituer une élégance de sentiments. Son sort, d'ailleurs, était pourvu de charmes assez excitants pour faire diversion à ses idées bucoliques : il eut bientôt oublié le Cottage et la Chaumière, et les ombrages des grands chênes, se réservant de reprendre son

rôle de chevalier errant, lorsqu'une occasion
opportune se présenterait d'y conduire Mauvert,
ainsi qu'il l'avait promis.

Un mois se passa, pendant lequel deux ou trois
lettres de Jeanne rappelèrent pourtant son souvenir à Jean d'Erneau. Enfin, lady O'Donor parlant un soir de partir pour sa villa du lac de
Côme, où il devait la rejoindre, il put s'annoncer
en Bretagne.

Quelques jours plus tard, en effet, Maud à peine
en route, il résolut aussitôt d'accomplir son éton-
nante mission près du fiancé de Jeanne.

— Mon cher Mauvert, lui dit-il un soir sans
autre exorde, y a-t-il longtemps que vous avez
reçu des nouvelles de mademoiselle Humphry?

Le diplomate eut un sursaut en l'entendant
prononcer un tel nom avec cet aplomb qu'il
avait appris à connaître. Il se tint sur ses
gardes.

— Mademoiselle Humphry?... répliqua-t-il, fei-
gnant de chercher dans son souvenir, qu'est-ce
que c'est que ça, mon cher d'Erneau?

— Il ne faut pas le dire, diable !.. reprit Jean,
renchérissant d'un ton comique sur la réserve du
comte. — Dissimulons!

— Mais, je vous assure, ajouta Mauvert, que j'ignore absolument...

— Je le sais bien, mon ami, je le sais bien, et pour cause. Votre innocence, croyez-le, ne m'est en rien suspecte. — Seulement, si vous aviez deux jours à perdre et le désir d'être présenté à cette jeune personne, venez demain soir me prendre chez moi à sept heures, car je compte lui faire une visite, et dans ce cas je vous emmènerais. — Il est inutile de vous spécifier, n'est-ce pas, que nul ne doit soupçonner que vous allez être absent de Paris?.. Vous rentrerez au bout de quarante-huit heures, voilà tout!

Là-dessus, il quitta l'entretien pour faire un whist.

Le lendemain, Mauvert fut exact au rendez-vous.

— Ah! je vois que la mémoire vous est revenue, dit Jean en riant.

— Ma foi, mon cher, répondit Mauvert du même ton et sans se livrer, vous êtes un si grand original qu'on ne sait jamais à quoi s'attendre avec vous! Votre mademoiselle Humphry m'intrigue, et, si vous croyez, parbleu! que je ne vous suivrai pas pour savoir ce qu'il y a au bout de tout cela, vous me faites tort d'un grain de folie.

— Bravo ! reprit Jean. — Dissimulons !.. dissimulons !...

— Me permettrez-vous maintenant de vous demander où nous allons ?

— En Bretagne, mon ami. — Ce pays vous agrée-t-il ?

— Par-dessus tout. — En votre compagnie, d'ailleurs, j'irais même en Champagne, ou en Picardie !

— C'est au mieux, partons !

Une heure après, installés dans un coupé du chemin de fer, ils roulaient ; Jean toujours flegmatique, devisant sur mille sujets, comme s'il eût estimé superflu de convaincre Mauvert de l'inutilité de ses feintises.

Au matin, ils étaient à Quimper. Arrivant avec un hôte, il avait averti cette fois. Une voiture de Marius Derneau les attendait.

— A propos, dit Jean, j'ai oublié de vous informer que vous recevez l'hospitalité chez un de mes cousins.

— C'est au mieux, répondit Mauvert ; si j'en juge d'après cet attelage, la maison doit mener un assez joli train.

— Je le crois bien, c'est un meunier !

En moins d'une heure, ils arrivaient à la Chaumière, où Jean fut accueilli en véritable fils. Paul, parti la veille pour un voyage d'affaires, manquait seul à la fête. La présentation de Mauvert accomplie, madame Derneau les fit conduire à leurs chambres. Tout cela semblait si étrange au diplomate, qui s'était attendu sans doute à une plus mystérieuse aventure, que Jean remarqua sa préoccupation.

— Eh ! bien, que dites-vous de l'endroit ? lui demanda-t-il.

— Je dis qu'il est charmant, mon cher d'Erneau. Mais, si je comprends un mot de vos *manigances*, je veux bien être pendu...

— Prenez garde !.. vous le seriez !.. Ma *manigance*, c'est mademoiselle Humphry.

— Encore ?.. Est-ce qu'elle respire en ce lieux ?

— Sans plus de difficulté que vous et moi, lorsqu'elle y vient, mon ami ; mais, aujourd'hui, c'est chez elle que je vous conduirai.

L'hospitalité de la Chaumière était de celles qui mettent promptement à l'aise. Après le déjeuner, Jean partit avec son ami pour une promenade dans

les alentours. Si serré que le diplomate jouât son
jeu, il était évident que, tout en cheminant, il
commençait à perdre de son assurance, comme s'il
eût flairé quelque piège. — Enfin, au bout d'une
demi-heure à travers les chènaies, ils arrivèrent
au Cottage.

— C'est là ! dit Jean. Et, poussant la grille,
il marcha vers le perron.

A la vue de miss Clifford qui parut, Mauvert
resta ébahi ; il ne pouvait plus douter ; mademoiselle Runières était là. En entrant dans le salon,
il se trouva en sa présence.

Les premiers moments de l'entrevue des deux
amants furent pleins de trouble et de gêne. Jean
tourna les choses comme s'ils fussent survenus
pour une simple visite ; miss Clifford, qui s'était
installée près d'eux, sauvait la question de convenances en gouvernante bien stylée. — Lorsqu'on
eut épuisé les propos indifférents sur la beauté
du pays, d'Erneau proposa un tour au jardin.
Après quoi, en ami discret, il prétexta une affaire
au village et partit en disant à Mauvert qu'il le
rejoindrait à la Chaumière, à l'heure du dîner.

En accomplissant sa promesse avec tant de
conscience, Jean n'avait certes aucune mauvaise

pensée ; cependant il trouva sa situation bizarre, et ce ne fut point sans se railler de son rôle qu'il s'en revint tout seul à son gîte. La désinvolture de Mauvert à Paris l'avait souvent jeté dans une irritation secrète, au souvenir des illusions de Jéanne, et son amour-propre de sauveur s'en était plus d'une fois ressenti. — Il en arriva qu'à l'heure même où son intervention devenait effective, il éprouva je ne sais quel dépit de lui-même.

Ne se faisait-il pas décidément complice, en aidant à abuser la crédulité de cette enfant naïve, dont la confiante loyauté se fourvoyait ainsi dans un amour auquel elle livrait toute son âme? — Si sceptique qu'il fût, il s'était laissé gagner à ce charme de l'innocence qu'il avait jusqu'alors ignoré. Il se demandait ce que serait l'avenir de Jeanne le jour où, désenchantée de son rêve, elle connaîtrait Mauvert. Il se demandait... Mais il se demandait tant de choses qu'à la fin, surpris d'un si grand nombre de préoccupations à la fois qui ne le regardaient en rien, il trouva plus court de n'y plus songer.

— Bah ! se dit-il, lui ou un autre, en fait de mariage, ce sera toujours tout un !

Armé de sa philosophie, Jean recouvra son superbe flegme et ne s'en départit point quand, le soir, dans sa chambre, il se retrouva avec Mauvert. Discrets tous deux, en gens du monde, ils causèrent de mademoiselle Jeanne sans qu'aucune allusion témoignât de l'étrangeté de ce séjour caché au fond de la Bretagne.

Le lendemain, Mauvert alla seul passer la matinée au Cottage. Par prudence, il devait retourner à Paris le jour même, et on ne le revit qu'au moment du départ. A certain air triomphant qui se conciliait mal avec le chagrin d'une séparation, Jean devina qu'il emportait la certitude de victoire gagnée ; il en conçut encore un secret déplaisir.

XVII

Si réservé qu'on eût été à la Chaumière, et bien que l'on eût affecté d'ignorer tout, Jeanne estimait trop madame Derneau comme une seconde mère pour ne lui avoir point fait ses confidences. Lorsque, après le départ de Mauvert, la digne femme resta avec Jean, il lui trouva un air soucieux et il l'interrogea.

— Je suis inquiète pour Jeanne, dit-elle gravement.

— Pourquoi?... demanda-t-il. Le comte de Mauvert ne vous semble-t-il pas le mari qui peut lui convenir ? — Il est charmant.

— Trop charmant ! Et c'est ce que je redoute. Je l'ai étudié avec toute l'affection que je porte à cette chère enfant, et tout ce que j'ai pu sur-

prendre dans ses charmantes manières, c'est qu'il
est trop épris de lui-même pour l'aimer comme
elle le mérite. Je n'ai pas vu sur son charmant
visage l'émotion d'une joie de la revoir qui dé-
nonçât le moindre battement de cœur... Enfin,
je me trompe peut-être, mais il ne me revient
pas, et si j'étais la mère de Jeanne, je ne le choi-
sirais pas pour elle.

Jeanne ne parut point à la Chaumière ce jour-
là, Jean n'alla point au Cottage. Maintenant
qu'elle avait revu Mauvert, il se disait que son
rôle allait s'effacer devant les droits du fiancé,
désormais l'arbitre et le conseil de leurs communs projets. Mais, tout en se sentant dégagé
de cette responsabilité troublante, il lui semblait
vaguement qu'il en éprouvait un regret, comme
si quelque chose de sa vie lui manquait. Une
sorte de jalousie le poignait à la pensée de n'être
plus pour elle que l'ami secondaire, désormais
inutile à protéger son avenir.

— Ah ! ma foi ! se dit-il, après tout, me voilà
libre d'aller rejoindre Maud ! Qu'ils s'arrangent !

Ce fut dans cet état d'esprit qu'il arriva le lendemain chez Jeanne. Elle était au jardin. En
l'apercevant, elle accourut à lui.

— Enfin, vous voilà ! s'écria-t-elle en lui tendant la main avec effusion. Je vous attends depuis une heure, et, ne vous voyant pas, j'avais déjà peur que vous ne fussiez aussi retourné à Paris.

— Quoi ?.. sans vous dire adieu ?..

— Oui, j'ai tort ! — Mais je suis prête, ajouta-t-elle avec animation, partons, j'ai besoin d'air et de mouvement... Allons jusqu'à la grève.

Ils sortirent par la porte du parc, et s'engagèrent à travers bois, marchant quelque temps en silence, comme s'ils eussent tous deux hésité à aborder un entretien. A la fin, Jean embarrassé de son mutisme, qui semblait l'attente d'une confidence, parla de choses indifférentes, du beau temps, des arbres et des senteurs matinales qui s'exhalaient des touffes de cytises et de thym. Elle répondait sur le même ton avec une sorte de volubilité factice. Il sembla à Jean que, pleine des exubérances de son cœur, elle voulait s'étourdir pour ne point songer à l'absent. Au soin qu'elle prenait de ne point faire allusion aux deux derniers jours, il comprit qu'elle lui marquait la place discrète où il devait se trouver relégué dès cet instant. Il en ressentit une irritation sourde, comme d'un oubli de la gratitude à laquelle il se croyait au moins des droits. Tout en allant par ces sentiers perdus, témoins de leurs franches causeries d'autrefois, il se disait que sans doute elle avait passé la veille avec Mauvert par ce même chemin, et qu'il n'était qu'un sot d'y revenir accompagner la belle en quête des traces du bien-aimé. Il se trouva ridicule, comme ces confidents de théâtre destinés à essuyer les tirades amoureuses ou tragiques. Son langage, malgré lui, devint acerbe sans que Jeanne s'en aperçût. Ils étaient arrivés à la grève; ils s'assirent sur le sable. Peu à peu, comme si l'excitation sous laquelle elle semblait cacher ses pensées l'eût fatiguée, Jeanne retomba dans le silence. Il se dit que, décidément, une préoccupation l'agitait, et il se tut comme elle, la laissant à son rêve.

Leur mutuelle réserve à la fin la surprit.

— Eh! bien, vous ne me parlez plus?.. dit-elle brusquement.

— Pardonnez-moi! répondit-il. Je calculais combien il faudrait de ces petits cailloux pour remplir toutes mes poches, et cela m'absorbait.

A ces mots, elle leva les yeux sur lui, et demeura un instant embarrassée.

— Vous m'en voulez de ne point vous confier ce qui s'est passé entre M. de Mauvert et moi? reprit-elle.

— En aucune façon! Les secrets de cœur de deux amants se dérobent à l'amitié. Le reste est votre affaire à tous deux, et je n'y serais plus qu'un intrus.

— Non, vous ne pensez pas cela, ajouta-t-elle doucement, car ce serait me croire ingrate et folle plus que je ne le suis.

— Mais, Mauvert étant votre fiancé, je trouve naturel que son ascendant prime celui de tout autre. — Vous n'avez donc point de comptes me rendre de ce que vous avez résolu.

Au ton dégagé dont il prononça ces paroles, elle sembla deviner le reproche.

— Jean, mon ami, reprit-elle attristée, je souffre, pardonnez-moi. Il s'est passé dans ma vie un événement étrange. J'ai besoin de quelques jours pour retrouver le calme. Laissez-moi le temps de me recueillir. — Enfin, je souffre, répéta-t-elle, pardonnez-moi. Plus tard, demain peut-être, je vous dirai tout.

— Mais, qu'est-il donc arrivé ? demanda-t-il.

— Rien, rien, je vous le jure, répondit-elle. Ne vous inquiétez pas, mon ami. — Des idées folles ! Je suis comme un enfant qui fait un mauvais rêve. J'ai besoin de chasser les chimères, et votre raison m'y aidera. — Maintenant ne m'interrogez plus ; quand j'aurai recouvré mes sens, j'oserai me confier à vous.

Ils achevèrent la matinée sans revenir sur ce sujet.

XVIII

Pendant deux ou trois jours, Jeanne ne parut point à la Chaumière. On en augura que la visite de Mauvert avait ravivé ses regrets d'une séparation, d'autant plus cruelle désormais, qu'elle s'abusait sans doute sur la douleur qu'il en ressentait comme elle. — Jean, froissé déjà de la réserve qu'elle avait gardée, s'aigrissait de plus en plus contre elle, et, qu'elle eût tristesse ou rêverie, la trouvait sotte de troubler jusqu'à la gaieté d'Yvonne.

Il en arrivait à s'irriter contre lui-même de l'humeur qu'il ressentait, et déjà il songeait à partir sans remettre les pieds au Cottage, quand, au troisième soir, cette lettre de Jeanne le surprit :

Le Cottage, jeudi.

« Vous êtes encore à la Chaumière, mon ami,
et pourtant depuis trois jours vous n'êtes pas
venu. Ai-je offensé votre affection ? M'avez-vous
mal comprise ? Je l'ignore ; mais ce que je sais,
c'est que, malgré cet apparent oubli, il y a dans
votre cœur, pour moi, tant de bonté vraie, que
je dois avoir tort si vous m'avez ainsi délaissée.
Chaque jour, je voulais vous appeler, et chaque
jour je manquais de courage, m'effrayant de ce
devoir de confiance dont rien ne saurait me dé-
gager envers vous. Mais comment vous dire ce
que dans le désordre de mes pensées je ne puis
m'expliquer à moi-même ?.. Faut-il l'avouer ?
Je tremblais d'être seule avec vous. — Jean, il est
des confessions troublantes que le regard d'un
ami, fût-il dévoué comme vous-même, arrête-
rait sur les lèvres, et ce n'est que de loin que je
peux m'enhardir à vous confier tout ce qui s'est
passé entre monsieur de Mauvert et moi. — Ne
m'accusez donc plus si j'ai tant tardé à vous ouvrir mon âme. Hélas ! tout y est, à cette heure,
si sombre et si confus !.. Je m'épouvante autant
de l'avenir que du présent ! Ami, soyez compatis-

sant à ma faiblesse et pardonnez-moi d'être ingrate envers vous.

» Vous n'avez rien ignoré, n'est-ce pas, de cet
amour, de ces serments qui m'engagent et me
lient !.. Quand j'ai fui la maison de ma mère, je
n'avais d'autre pensée que de garder la foi jurée,
du plus profond de mon cœur à ce fiancé si
indulgent encore et si bon, après la faute effrayante qu'il me fallait commettre. Ses lettres
avaient raffermi mon courage, en apaisant mes
remords, et, pleine de son souvenir, toute à cet
espoir que, dans un an, je serais sa femme, je me
sentais si bien soutenue par vous que je m'aban-
donnais à mes rêves. J'attendais, impatiente,
cette heure de le revoir, si prudemment ménagée
par votre affection de frère. Enfin, il est venu;
vous me l'avez amené. — Après votre départ,
Clifford nous ayant laissés seuls dans le jardin,
je l'ai retrouvé plus tendre et plus aimant, et,
dans les premiers instants, défaillant presque à
ma vue... Il avait tant souffert, il avait tant
pleuré !.. Vous le voyez, je vous dis tout sans
restrictions vaines ! — Jean, comment expliquer
ce qui se passa dans mon âme ?.. En l'écoutant,
il me sembla que je ne le reconnaissais plus,

comme si mon souvenir eût gardé une image
infidèle. Non pas qu'il eût rien perdu de ce qui
m'avait séduite en lui, si j'ose avec vous dire ce
mot. Mais je ne sais quelle illusion disparue me
le laissa voir dépourvu de tout ce que mon
imagination aimait autrefois. Seuls tous deux,
pour la première fois, et libres de nous parler
sans contrainte, sa voix, son langage me surpre-
naient, par une exagération d'aveux et de protestations passionnées qui me troublaient et me gê-
naient dans leur expression. Je n'y retrouvais
point l'accent simple et confiant de cette foi que
je gardais en moi-même, du pur amour qui nous
avait liés. On eût dit que, oubliant que nous
étions fiancés de cœur, il cherchait à me con-
quérir, comme s'il eût douté de la possession
de mon âme. — Voulant dissimuler l'embarras
que je ressentais, je lui proposai d'aller jusqu'à
la grève, pour l'initier aux habitudes de ma vie.
Nous partîmes par le bois ; mais une inexprimable gêne me glaçait. En vain je cherchais
cette communauté d'impressions, de sentiments,
de pensées, que devait éveiller ce bonheur de
nous revoir si longtemps attendu, et il me semblait que nous ne nous comprenions pas. — Il

discourait avec beaucoup de grâce et avec un choix d'expressions rares, comme dans le salon de ma mère, et je songeais malgré moi à cette parole sérieuse, animée, que vous m'avez fait entendre si souvent, qui m'apprenait la vie, me révélait le vrai de ces vanités fausses et de ces mensonges auxquels le monde est asservi. — J'essayai de causer de nos projets d'avenir, et je m'aperçus qu'il n'entrevoyait cet avenir que pour me promettre une existence de joies fastueuses, comme si notre union ne pouvait avoir d'autre but. — Vous le dirai-je, ami ? En écoutant ce langage compassé et frivole, il me semblait m'éveiller d'un songe, je ne retrouvais plus le fiancé que j'aimais dans mon imagination naïve, et mon cœur se serrait. Je voulais lutter contre cette inexplicable désillusion ; je sentais entre nos deux âmes je ne sais quel vide impossible à combler. En eut-il conscience comme moi ? je l'ignore. Mais à un moment il me sembla tout à coup attristé, comme s'il eût deviné mes combats. Il redoubla alors les protestations de son amour. — Quand nous revînmes au Cottage, la présence de Clifford, rompant notre tête-à-tête, me parut un soulagement.

12.

» Seule, le soir, je m'enfermai dans ma chambre pour essayer de recueillir ma pensée. Les agitations de cette journée m'avaient anéantie, et je m'interrogeais sans parvenir à me comprendre. Épouvantée de moi-même, je m'accusais de cette invincible froideur dont il avait souffert peut-être.

— D'où venait une si étrange aberration de mes sens et de mon cœur?.. Ne l'avais-je point revu tel que je l'adorais dans mes rêves?.. Ne l'avais-je pas retrouvé plus tendre et plus aimant même, après cette épreuve d'une année de séparation, qui n'avait point altéré sa constance?.. Je passai toute une nuit d'angoisses mortelles, me reprochant de l'avoir alarmé sans doute par cette insurmontable gêne que je n'avais su lui cacher. J'appelais de tous mes vœux l'instant de sa venue pour réparer mes torts et le consoler.

» Lorsqu'il arriva le lendemain, je courus au-devant de lui, souriante, en lui tendant la main. Je vis un éclair de joie triste dans son regard; il venait me faire ses adieux. Je l'emmenai au jardin, et là, assise près de lui, je m'efforçai d'oublier mes impressions de la veille; je parlai la première des moyens de nous revoir, et des nécessités de prudence que notre sécurité nous imposait ; mais, à mon grand étonnement, il ne parut point approuver ces réserves, qu'il considérait comme puériles ou superflues désormais. — J'insistai doucement pour lui rappeler que la dignité de notre avenir nous contraignait à ce sacrifice, et qu'il fallait nous y résoudre, quoi que nous dussions souffrir... Alors, il se jeta à mes genoux éperdu, m'implorant, me jurant qu'il ne pouvait plus vivre séparé de moi ; il me proposa de partir avec lui, d'aller nous cacher en Suisse, où, sous la protection de Clifford, suffisante aux yeux du monde, nous serions réunis du moins, sans ces cruelles terreurs qui allaient l'assaillir, maintenant qu'il me savait si près de ma mère. — Le moindre hasard pouvait nous trahir, et tout était péril... Aurait-il le courage de résister à ce désir d'accourir, ne fût-ce que pour m'apercevoir un instant ?.. En le voyant si faible, je me sentais émue de pitié, et pourtant, comme la veille, ce cri de sa passion n'arrivait pas à mon cœur.

» Vous le dirai-je ? En l'écoutant, la rougeur me montait au front, à la pensée qu'une telle offre pût m'être faite par lui sans qu'il y vît une insulte... Qu'étais-je donc devenue, pour qu'il osât ainsi me traiter en maîtresse ?.. Toutes les

révoltes de mon être protestaient contre l'injure,
et je cherchais dans mon esprit que lui dire,
atterrée toujours de cette idée qu'il ne me comprenait pas... Enfin, troublée par ses larmes,
effrayée d'un désespoir si profond qu'il me
menaçait de se tuer, je lui jurai de le rappeler
bientôt, et de me résoudre alors sur ce qu'il me
demandait au nom de notre amour et de mes
serments... j'ai promis de partir...

» Jean, telle est cette confession que je n'osais
aborder. Je me sentais si coupable envers votre
affection dévouée, que j'hésitais à vous dire ces
troubles de mon cœur que je ne m'explique pas
à moi-même. J'hésitais surtout à vous avouer cette
promesse, qui est un abandon de votre protection de frère. — Me pardonnerez-vous d'avoir
ainsi disposé de mon sort sans consulter ce
dévouement sincère dont vous m'avez tous ici
donné tant de preuves? — Mon seul espoir, c'est
que la pensée de mon bonheur...

» Non, non, Jean, ce départ m'épouvante!.. Je
ne puis supporter le tourment qui m'obsède. —
Depuis que j'ai juré de le suivre, il me semble
que je suis déchue.

» JEANNE. »

En recevant cette lettre, Jean demeura un instant stupéfié. Il la relut deux fois comme s'il eût eu besoin de s'en confirmer le sens, ou qu'il eût craint de mal comprendre. Quand il eut achevé :

— Tiens, tiens, dit-il en suivant des yeux une bouffée de son cigare, qui tournoyait dans l'air, voilà une curieuse nouvelle. — Ma foi, je croyais ce pauvre Mauvert plus fort que ça... Allons ! tant pis pour lui !

Et, sans plus de réflexions, il ouvrit son buvard, s'installa, prit une plume, et répondit à mademoiselle Runières par le billet suivant :

« Vous êtes une grande enfant, ma chère Jeanne, et, bien vite, je veux dissiper le gros nuage que vous avez cru voir entre nous, et qui me vaut cette confession dont vous n'osiez entamer le terrible sujet. Je veux que tout soit dit lorsque, dans quelques heures, j'irai vous revoir, et vous épargner ainsi cette grande confusion où ma présence vous jetterait peut-être, si je prononçais de vive voix le mot brutal que, dans l'illusion de votre innocence, vous n'avez pas soupçonné, et dont vous allez vous indigner certainement comme d'un crime effroyable ou d'une apostasie. Rassurez-vous, enfant, car cet amer désenchantement de votre cœur qui vous fait tant souffrir n'est que l'éveil de votre raison.

» Jeanne, le premier amour ressemble à ces jolies floraisons du printemps qui s'épanouissent tout à coup sous le ciel, et, comme elles, il n'a souvent que la durée d'un matin... Vous n'aimez plus !.. Voilà votre secret, pauvre Jeanne, et votre absolution. — Demain j'arriverai à votre Cottage.

» JEAN. »

XIX

Jean n'était certes pas porté au sentimentalisme;
la lettre de Jeanne le trouva pourtant dans un de
ces moments psychologiques où le moindre incident produit parfois des résultats étranges. L'irritation sourde qu'il avait ressentie depuis trois
jours, à la pensée d'un triomphe définitif de
Mauvert, tomba tout à coup et se fondit dans
une sorte de contentement intime dont il savourait les douceurs, comme si sa conscience y eût
trouvé un allégement.

Trop expérimenté dans les bizarreries du cœur
pour s'étonner jamais d'une inconstance, il se disait vaguement, à la pensée du péril auquel
échappait sa pupille, qu'il n'était peut-être point
étranger à ce désenchantement subit. — Douée

d'un esprit droit, et d'un fonds de sentiments généreux, Jeanne, brusquement émancipée par une
terrible épreuve, avait, à coup sûr, gagné à son
contact des notions plus nettes des choses du
monde et de la vie. Au courant de ces causeries dont elle parlait dans sa lettre, pleines
pour lui d'un attrait si charmant, il avait été
plus d'une fois surpris des progrès de cette jeune
raison qui semblait prendre des ailes pour le
suivre jusqu'à ces hauteurs morales qui domi-
nent les vanités convenues. Entre les lignes de
cette confession, il déchiffrait, comme à livre
ouvert, l'histoire de ses désillusions.

Troublée, comme on l'est à dix-huit ans, par
la première voix qui avait murmuré à son
oreille le grand mot de l'amour, entre deux
sorties de couvent peut-être, elle s'était éprise de
Mauvert comme d'un idéal rêvé. Les élégances
réelles du diplomate, une jolie tête, et ce certain
air byronien qui lui valaient des succès de salons,
même auprès de madame Runières, en fallait-il
davantage pour surprendre une imagination can-
dide?.. Sevrée d'affections vraies, et cachant au
plus secret de son âme une douleur profonde,
elle avait livré son cœur avide d'aimer. — Le

rôle de Mauvert était alors facile, et la proie trop inespérée pour qu'il n'employât point les plus subtiles roueries d'un Galaor timide et passionné. Le romanesque de leurs rencontres furtives, aux échappées de vacances, laissait à Jeanne une impression que la solitude du couvent ravivait. — Elle revoyait cette image du fiancé qui souffrait loin d'elle ; elle le parait à son gré de toutes les grâces émues qu'elle rêvait au fond de son âme... Puis, la ruine de ses espérances, par un refus brutal de sa mère de réaliser ce bonheur si longtemps caressé, enfin ces heures d'angoisses et de terreur à l'idée d'un mariage contre lequel les révoltes pudiques de son être se soulevaient, n'y avait-il point là le roman de toute ingénue? — Le dénouement était pour Jean d'Erneau le pur effet logique de cette sorte d'émancipation de Jeanne qui l'avait mûrie par de cruels chagrins. Transportée enfin dans ce milieu familial plus vrai, éclairée par des notions plus saines de la vie, après plus d'une année de séparation, elle avait enfin retrouvé Mauvert, tout frais fardé de ses grâces mondaines, jurant avec le naturel simple auquel depuis trois mois son cœur était accoutumé. Sans

13

se rendre compte de sa désillusion, elle avait
d'instinct pénétré le masque, et pressenti la fein-
tise, sous les démonstrations passionnées qui
sonnaient faux par une exagération devenue
hors de saison. Ces tirades d'amoureux de théâtre
destinées à l'enflammer, et tombant à froid sur
sa sérénité confiante, avaient effarouché son âme
franche. — Le coureur de dot avait outré son
rôle, et dépassé son but.

Jean dormit peu cette nuit-là. Au matin, il accourut au Cottage où Jeanne l'attendait anxieuse.
A ses yeux rougis, il devina qu'elle avait beaucoup pleuré. Confuse, elle prit la main qu'il lui
tendait.

— Ah ! Jean, dit-elle, qu'allez-vous penser ?..
Vous m'avez crue folle, n'est-ce pas, en recevant
cette lettre qui m'a tant coûté, et vous avez voulu
m'en punir ?..

— Non ; j'ai voulu surtout vous forcer à découvrir la vérité au fond de vos agitations. — Jeanne,
vous n'aimez plus, voilà tout !

— Ah ! taisez-vous, reprit-elle, car, s'il en était
ainsi, je me mépriserais.

— Enfant, qui vous effrayez de naître à la vie !
Mais ce que vous prenez pour une inconstance

de votre cœur n'est que le cri de votre raison,
qui vous garde contre une de ces déceptions dont
tant d'autres ont souffert avant vous. — Votre
imagination vous avait abusée. Vous reconnaissez votre erreur, rien de plus.

— Mais alors, s'écria-t-elle émue, si vous disiez
vrai, qu'est-ce donc que cet amour qui peut n'être
qu'un rêve ?.. et qu'est-ce que le bonheur, et
l'espérance, et la vie?

— Ingrate, reprit-il en souriant, qui désespé-
rez à votre première désillusion ! — Mais le gage
du bonheur, de l'espérance et de la vie, c'est précisément ce bienfait de l'oubli qui vous épouvante, ma pauvre Jeanne, et qui nous fait renaître
à de nouvelles joies dont la source est en nous-
mêmes. — Quoi ! à dix-huit ans, comme une enfant
imprudente, vous avez engagé votre cœur, et décidé de votre avenir sur quelque phrase de roman,
murmurée à votre oreille?.. Et vous vous étonnez
parce que, plus sérieuse et plus réfléchie, vous ne
retrouvez plus aujourd'hui cet idéal dont le souvenir se mêlait à celui de votre dernière poupée?

— Mais il a cru à cet amour, lui, à ma parole,
à ma constance... Et, s'il mourait du chagrin de
ma perte ?..

— Oh ! ces accidents-là sont rares, répliqua-t-il avec flegme.

— Jean, il se tuerait, il me l'a dit !

— Non... Il y songerait à deux fois, puisqu'il a déjà continué de vivre un an, sans vous revoir, après le refus formel de votre main.

Jean d'Erneau avait la logique brutale ; et, s'il lui répugnait de tout dire sur Mauvert, il ne se faisait pas le moindre scrupule de l'achever, en amenant Jeanne à toucher du doigt les trop grossières amorces tendues à sa crédulité d'innocente. — Il avait prévu que le premier choc serait rude ; il s'agissait de faire place nette, en lui démontrant peu à peu la fragilité de ce lien, dont elle s'exagérait la rupture comme un coupable renoncement.

— En tout cas, ajouta-t-il, comme s'il eût traité un enfantillage, rien n'est encore désespéré. L'amour dans le mariage est souvent un écueil... Bien que votre départ d'ici me semble une imprudence, il se peut aussi qu'un rapprochement entre vous dissipe cette impression passagère, défavorable à Mauvert aujourd'hui. — Ce qui me parait le plus important dans la résolution que vous avez prise, c'est qu'elle engage définitivement votre avenir.

Jean s'en revint assuré qu'il ne s'était point
trompé sur les suites probables de cet évènement surprenant.

Pendant quelques jours pourtant, même en
leurs courses avec Yvonne et Paul, le front de
Jeanne garda les traces d'une mélancolie dont il
savait seul le secret ; mais, s'il la voyait encore
combattue, il devinait que les défiances éveillées
dans son esprit droit produisaient peu à peu
leur effet. — Avant de n'en plus souffrir, elle
avait besoin de s'accoutumer à ce désenchantement qui la surprenait comme un mauvais rêve ..
— Trop habile pour heurter les timides scrupules de sa conscience alarmée, en hâtant la décision d'une rupture désormais prévue, il évitait
d'aborder ce sujet brûlant du départ pour la
Suisse, comme s'il l'eût toujours tenu pour
résolu. En la contraignant ainsi de conclure elle-
même sur les conséquences forcées de sa désillusion, il n'ignorait pas qu'elle sortirait mieux
trempée de cette épreuve.

Cependant, si réservé qu'il voulût être, Jean
s'aperçut bientôt qu'il était plus agité que de

coutume. Une pensée le tourmentait. Selon toute
probabilité, Mauvert, mis par lui en relations
avec Jeanne, devait maintenant lui écrire chaque
jour. Ce vague sentiment de jalousie qui l'avait
plus d'une fois troublé revenait l'assaillir plus
net et plus défini. L'idée qu'elle pouvait encore
céder à des obsessions le jetait dans une sorte
d'effroi. Il s'imaginait alors que le silence qu'elle
gardait n'était que la dissimulation d'un émoi
de son cœur, et qu'elle se laissait reconquérir.
— Irrité, défiant, et n'osant point l'interroger
quand ils étaient seuls tous deux, il épiait sur
son front les préoccupations qu'il attribuait à la
gêne, à l'ennui d'une autorité dont elle s'apprêtait à secouer le joug. — Comme si elle eût voulu
rompre peu à peu leurs confidences et les tête-
à-tête du Cottage, elle arrivait chaque matin à
la Chaumière, où elle passait tout le jour en
compagnie d'Yvonne et de sa mère, et semblait
ainsi éviter toute occasion d'entretien.

Il en était là de ses agitations irascibles, quand,
une après-dînée, comme il était assis au jardin avec
madame Derneau, tandis qu'à quelque pas les
deux jeunes filles faisaient jouer les enfants, il crut
remarquer chez Jeanne un air de joie qui le surprit.

— Mademoiselle Runières est bien gaie ce soir,
dit-il brusquement.

— Oh ! il y a une grande nouvelle.

— Vraiment ? — Aurait-elle décidé son mariage avec monsieur de Mauvert demanda-t-il d'un
ton dégagé.

— Il est en effet question de cette grande
affaire, reprit en souriant madame Derneau. Seulement, c'est dans le sens opposé qu'il faut
conclure. — Elle a résolu de ne point l'épouser.

— Vous en a-t-elle parlé ?

— La pauvre enfant ! depuis une semaine nous
ne faisons que cela ! car elle se fie à moi comme
une fille à sa mère. J'ai exigé ce temps de
réflexions, malgré mon opinion faite sur ce prétendant indigne d'elle, et par qui son imagination d'enfant s'était laissé surprendre, en ces
jours de tristesse où elle se sentait si abandonnée. — Par bonheur, il s'est dévoilé dans des
lettres qu'elle reçoit chaque matin, et qu'elle
m'apporte aussitôt. Il a si mal joué son rôle
qu'elle a compris d'instinct qu'il méditait de
la perdre par un irréparable éclat. Une fille
comme elle ne pouvait manquer de reconnaître
là une injure. — Bref, revenue de son erreur,

elle est sauvée ! Et voilà pourquoi elle respire et se sent revivre.

En écoutant cette simple explication de la conduite de Jeanne et de sa réserve envers lui, à la conclusion surtout qui l'accompagnait, Jean eut un si profond sentiment de joie que son visage le trahit. Madame Derneau le regarda un moment en souriant. Voyant qu'il restait silencieux :

— Eh ! bien, Jean, dit-elle enfin, que pensez-vous de ma nouvelle ?

— J'en suis fort heureux pour mademoiselle Runières.

— Pour elle seule ?...

— Et pour nous tous, qui lui portons intérêt.

— Et dire que c'est vous, ajouta-t-elle en baissant un peu la voix, qui avez opéré cette conversion-là.

— Moi ?.. Oh ! vous me faites un honneur que je n'ai pas la prétention de mériter.

— Parce que vous ne savez pas l'ascendant que vous avez sur son esprit.

— En aurais-je un si grand, sans m'en douter ?..

— Bon, bon !.. A d'autres, beau ténébreux !

Nous savons, nous, ce qu'elle dit de vous en votre absence, et j'ai d'ailleurs d'assez bons yeux pour avoir vu depuis quelques jours cette inquiétude, que vous croyiez si bien cacher, de la résolution qu'elle allait prendre.

— Après ce qu'elle m'avait révélé de l'insistance de Mauvert pour la séparer de vous, et connaissant l'homme, il était naturel de craindre que, par faiblesse, elle ne compromît cette fois plus gravement son avenir.

— Allons, grand enfant, reprit madame Derneau de ce ton presque maternel qu'elle employait parfois entre eux, osez donc être sincère avec vous-même, et laissez-vous aller à votre cœur. — Orgueilleux, n'essayez plus aujourd'hui de vous défendre : vous l'aimez !

— Je l'aime, moi ?.. s'écria Jean, presque atterré de ce mot inattendu.

— Chut ! la voici ! et je crois qu'elle s'en doute. Dame ! comme on dit, « un clou chasse l'autre ». Voyez, elle est rayonnante !.. N'ayons pas l'air de nous occuper d'elle.

A coup sûr, Jean n'était point fait pour se laisser entamer par des subtilités, et ce qu'il possédait d'innocence ne gênait pas son sang-froid.

13.

Dans ses débats des derniers jours, et dans les
accès d'humeur qu'il avait ressentis contre Jeanne,
il s'était plus d'une fois raillé d'une préoccupation troublante qui ressemblait presque à de l'ai-
greur. — Que lui importait qu'elle épousât Mauvert, avec ou sans amour ? — Ce n'était certes
pas son affaire à lui de la préserver d'une folie
qu'elle était prête à commettre, en quittant Cardec pour la Suisse ou pour tout autre lieu...
Pourtant, lorsqu'il se trouva seul, après la révé-
lation de madame Derneau, Jean se mit à songer
curieusement au dernier mot qui avait clos leur
entretien. — Dans son superbe dédain pour le
sentimental qui n'avait jamais pu l'atteindre, il
lui paraissait si bizarre d'être suspecté sur ce point
que ce fut presque à ses yeux un événement comique.

— Tudieu ! la bonne dame, comme elle y va·
se dit-il.

Cependant, tout en riant d'une pareille méprise, il ne pouvait se défendre d'une petite
pointe de vanité à la pensée que la déroute de
Mauvert était en effet vraisemblablement un peu
son œuvre. « Un clou chasse l'autre, » avait dit
madame Derneau.

Jean s'endormit. Il eut un horrible cauchemar : il rêva qu'il se mariait.

Le lendemain était un dimanche. Ce jour-là toute la famille allait à la messe à Cardec. Par prudence, Jeanne, ne pouvant les accompagner, restait seule au Cottage, et Jean avait l'habitude d'y déjeuner. — Lorsqu'il arriva, il s'aperçut, du premier coup, du retour de ses façons de pupille envers lui, et de ces jolies grâces délibérées qui lui donnaient un si piquant attrait.

— Bonjour, Jeanne, dit-il en riant, comme s'il la retrouvait après un voyage, vous voilà donc revenue ?..

Elle le comprit.

— Oui, répondit-elle du même ton, je rentre... Pardon de m'être absentée.

— Et vous restez, cette fois ?..

— Ah ! s'écria-t-elle.

Puis, frappant ses petits pieds sur le sol, comme si elle eût secoué la poussière du chemin ou piétiné sur de mauvais souvenirs :

— Vous le voyez, c'est fini, dit-elle. — Et maintenant, si vous voulez, n'en parlons plus !... Venez m'aider à fourrager les rosiers pour faire mon bouquet des dimanches à maman Derneau.

Les jours qui suivirent furent comme un éclat de soleil dans les buissons, après la tempête. — Jeanne semblait allégée d'une oppression d'âme et renaître à la vie. On eût dit que, délivrée tout à coup d'un lourd souci, elle volait en plein ciel. Jean ne l'avait jamais vue si belle et si charmante en ses effusions naïves avec lui. C'était comme une action de grâces qui se chantait en son cœur, et qu'elle osait maintenant laisser déborder en joies folles. — Parfois pourtant, au milieu de cette exultation vivace, des pensées plus contenues semblaient passer sur son beau front, comme si quelque sentiment intime et caché l'eût soudainement émue. « Un clou chasse l'autre », et Jean d'Erneau ne pouvait se défendre de songer à cette fameuse prédiction de Maud : elle t'aime ou elle t'aimera.

Sans plus reparler de Mauvert, il avait été convenu que, pour affranchir Jeanne, madame Derneau, agissant en mère, se chargerait d'intervenir en déclarant son autorité. — Pour ne rien risquer, une lettre d'elle ferait savoir au quidam, trop aventureux dans ses droits de fiancé, qu'édifiée sur ses projets elle serait désormais entre mademoiselle Runières et lui, et que toute correspondance à venir passerait par ses mains. — Cette déclaration, que réclamait tout d'abord la dignité de Jeanne, préparait une transition nécessaire pour une rupture qu'il ne fallait pas laisser croire violemment imposée, mais qu'il fallait présenter comme la conséquence d'une volonté réfléchie, provoquée par l'effroi de cette tentative de rapt qui dissimulait à peine un but de séduction brutale et perfidement combinée. — L'offense d'une telle proposition de fuite suffisait à justifier les désillusions de Jeanne. Le coureur de dot comprendrait enfin qu'il s'était si maladroitement démasqué qu'il ne lui restait plus d'espoir.

Cependant, Jean d'Erneau s'étonnait de plus en plus du courant de pensées où le jetait toute cette affaire. Agité de préoccupations qui lui étaient jusqu'alors inconnues, il ne se dissimulait point qu'il en était à un de ces moments bizarres où quelque nouveau tour de son étoile semblait vaguement le faire évoluer. Au bout de quelques jours, il ne doutait plus. — Il aimait Jeanne, et ce diable de sentiment, qu'il n'avait jamais ressenti, l'assaillait avec tout son cortège d'émotions folles, d'inquiétudes et de joies; il s'aperçut qu'il l'aimait, sous son flegme, comme un collégien naïf, ou comme le premier venu.

Ce que c'est que l'amour ?.. On ne l'a jamais su. Sans s'arrêter aux bagatelles psychologiques, Jean commença par sourire de cette ingénuité toute neuve qui lui poussait. Mais, à la réflexion, un tel dérangement dans sa vie n'était point sans le rendre rêveur. — Où le conduirait ce nouvel état ? — Fier d'une supériorité conquise par cette facile indépendance de cœur qu'il estimait par-dessus tout, allait-il s'initier à la corporation bêlante des troubadours vulgaires, soupirer sur des rhytmes tendres et s'enfroquer finalement dans la confrérie des maris satisfaits ? — Déjà il se voyait dans ce lien bête, dont il avait tant de fois raillé la servilité troublante. Le cou écorché sous le joug et ne s'appartenant plus, il suivait sa femme au bal, cloué sur pied, attendant ses caprices, et à son tour étiqueté, l'air penaud, dans cette galerie comique des époux modèles, dont il serait le plus bel ornement. Les compli-cations du devoir conjugal, les chaînes de fleurs, les obligations mondaines, et l'aliénation de sa volonté... Cette perspective surprenante bou-leversait toutes ses idées. — Averti du péril, avec cet esprit de précision qui réglait tous ses actes, il n'eut pas plus tôt constaté les symptômes de douce insanité qui le berçaient à son insu, qu'il décida d'y mettre ordre en allant rejoindre Maud. Il importait d'ailleurs de ne point laisser naître un terrible malentendu sur lequel madame Derneau lui avait déjà donné des craintes. « Un clou chasse l'autre », avait-elle dit. Et, partant de cette idée, la bonne dame était capable de s'entêter naïvement à tresser le nœud de son hymen. — Sa loyauté lui faisait un devoir de protester, sans retard, contre un irréalisable projet dont le moindre inconvénient était de compromettre le repos de Jeanne et le sien. — Armé de sa décision, il résolut d'annoncer formellement son départ, en termes qui ne laissassent point d'équivoque. Rester, d'ailleurs, n'était-ce pas tromper Jeanne ou lui faire illusion du moins sur une éventualité qu'il considérait trop comme une folie, pour n'y point couper court au plus vite?.. N'était-ce pas provoquer en son cœur, peut-être, un amour encore inconscient?

Les plus roués ont de ces innocences qui déroutent toutes les prévisions humaines. Jean était sûr de lui dans l'arrangement précis de cette affaire. Il considérait son cas comme une petite fièvre anodine qu'il lui suffisait d'avoir dûment constatée pour en avoir raison dès qu'il se serait soustrait aux influences débilitantes de ce milieu, où tous les sentimentalismes de cœur se respiraient dans l'air. S'embarrasser d'une femme et d'une famille, lui, si libre jusqu'alors, et si maître de sa vie? Descendre des hauteurs conquises et s'empêtrer comme un sot dans les sensibleries vulgaires qu'il avait si bien esquivées?.. C'était là pour lui une incroyable chute.

Son parti pris, lorsque le lendemain il revit Jeanne à la Chaumière, il attaqua bravement la situation, en parlant d'un voyage en Italie qu'il méditait pour son plaisir.

— Quoi!.. dit madame Derneau surprise, en plein été?

— Justement! Pour bien voir un pays il faut toujours le visiter dans sa saison violente. — D'ailleurs, j'y séjournerai probablement quelques mois, l'hiver m'y rejoindra.

— Mon Dieu! que dites-vous là? reprit Jeanne, serez-vous si longtemps absent?

— Ah! je reviendrai toujours à Paris pour une ou deux semaines... à moins pourtant

qu'un voyage au Japon que je compte faire
ne renverse tous ces plans.

— Le Japon, maintenant?

— Oui, il y a très longtemps que je médite
d'aller passer, là-bas, une dizaine d'années...
J'ai des études à faire sur le pays. — Vous le
savez, je ne suis guère de ces gens qui peuvent
rester en place...

Ce fut un véritable coup pour Jeanne, et, si
bronzé qu'il voulût être, Jean s'empressa de
l'atténuer, estimant qu'il suffisait d'avoir mar-
.qué des intentions qui témoignaient contre toute
pensée qu'il pût être autre chose qu'un ami
calme et froid. — Il ajouta chaleureusement qu'il
ne partirait point du reste tant qu'elle aurait
besoin de son appui.

Sa conscience allégée sur ce premier point,
et certain d'avoir détruit toute illusion de la
bonne dame sur l'état de son cœur, Jean respira
et remit son départ à la semaine suivante. Rien
ne pressait d'ailleurs, du moment que toute
équivoque était dissipée par la déclaration de
projets qui éloignaient jusqu'à l'idée d'un retour avant de longues années. Jouir pendant
quelques jours du léger délire qu'il analysait en

lui n'avait après tout rien d'affrayant, assuré
qu'il était de s'être fermé toute retraite. — Tranquille sur l'échec définitif de Mauvert confirmé
par la sérénité de Jeanne, il s'abandonnait au
sentiment de satisfaction qu'il ressentait de la
savoir du moins sauvée d'un péril. En renonçant
à l'aimer, il n'avait pas de rival, et cette pensée chatouillait agréablement son orgueil, qu'il
n'eût dépendu que de lui d'égarer cette imagination juvénile et de fixer un amour inconscient
qui ne demandait qu'à naître.

Certes, Jean était positif, et ses passions ne
s'étaient jamais attardées à la poésie du rêve;
mais cette échappée dans l'idylle avait pour lui
le plus piquant attrait. Confiant en son imperturbable volonté, il lui plaisait de jouer avec ce
vertige qui n'était point sans lui donner quelque
ivresse. Les privautés troublantes qu'il devait
à son rôle agissaient sur ses sens comme une
forme de volupté à la fois âpre et douce, dont
il savourait les ardeurs passagères en épicurien
délicat. « Elle t'aime ou elle t'aimera », avait
dit un jour lady O'Donor.

Cependant, il est des événements inattendus qui
semblent n'avoir pour but que de se jouer des

plus solides résolutions. Si pratiquement qu'il eût réglé sa flamme, Jean n'avait pas tout prévu. Un jour qu'il arrivait au Cottage, il se rencontra à la porte avec le facteur qui remettait une lettre.

— Ah! bien, si monsieur veut avoir la complaisance de la remettre à mademoiselle... lui dit le jardinier.

Jean était trop familier dans la maison pour que pareille commission parût insolite. Il s'en chargea, non sans éprouver un mouvement de surprise inquiète. Adressée à mademoiselle Humphry, cette lettre ne pouvait venir que de Mauvert. Le timbre de Paris et la suscription de l'enveloppe ne lui laissèrent aucun doute. Il en ressentit un dépit si cruel qu'il eut peine à se l'expliquer.

La correspondance n'était donc point rompue?.. Aussitôt la jalousie le mordit au cœur; une terreur insensée le saisit, et, avec l'exagération d'un esprit tourmenté par la passion, il crut éventer un horrible complot. — Jeanne les avait tous trompés, et tandis qu'elle feignait avec madame Derneau sa soumission mensongère, reprise sans doute par un amour plus fort que sa raison, elle préméditait en secret de rejoindre ce fiancé qu'elle laissait croire dédaigné...

Il la rejoignit au jardin, se préparant à jouir de l'embarras qu'elle allait trahir en se voyant dénoncée par une telle preuve.

— Voici une lettre que le facteur vient d'apporter, lui dit-il en l'abordant.

Elle rougit en lisant l'enveloppe, puis détourna les yeux sous le regard froid de Jean, qui semblait scruter sa pensée.

— Eh! bien, reprit-il avec un sourire contraint, vous ne l'ouvrez pas?.. Que ce ne soit point moi qui vous gêne!

— Oh! dit-elle en glissant la lettre dans sa poche, il m'est inutile de la lire pour savoir ce qu'elle contient.

— La réponse est peut-être pressée, ajouta-t-il d'un ton d'ironie.

— En ce cas, on répondra. — Puis, sans plus de transition: — Bonjour, mon camarade. Comment vous portez-vous? reprit-elle en lui tendant sa main.

Malgré son flegme ironique, Jean sentait sourdre en lui une douleur affreuse, comme s'il eût découvert une perfidie. La crainte de se trahir arrêta seule l'explosion de reproches qui lui montaient aux lèvres. Il se vit ridicule et berné comme un sot, par cette hypocrisie de fille plus forte que sa rouerie. — L'idée lui vint qu'elle avait peut-être pénétré déjà la passion muette que, dans sa présomption bête, il avait cru devoir lui cacher de peur de l'enflammer. — Sa confusion, en recevant cette lettre, n'était-elle pas même l'indice d'un sentiment de pitié ?.. Il s'était trop raillé lui-même pour que la chute de son orgueil ne fût point rude. Il dissimula du moins sa déconvenue, et, avec la plus belle désinvolture, se montra fort gai.

XX.

Les sceptiques éprouvent parfois de ces déroutes brutales qui les plongent dans l'étonnement. Jean n'avait jamais prévu qu'il pût un jour être le jouet de pareille mésaventure. Aimer jusqu'à en souffrir, c'était pour lui un si invraisemblable dérèglement d'esprit qu'il eut besoin d'un effort pour se reconnaître dans le désordre de pensées qui l'assaillit lorsqu'il eut quitté Jeanne.

— Était-ce bien lui ? En était-il venu à cette aliénation de volonté dans la direction de sa vie, qu'il pût être tourmenté à son tour par une jalousie stupide ?.. L'idée d'avoir « des peines de cœur » lui sembla si extravagante et si bouffonne qu'il se prit à en rire, tout seul, en revenant à la Chaumière.

Pour comble d'ironie, il se trouva que madame Derneau, qui ne parlait plus de son intervention près de Mauvert, considérant la rupture comme accomplie, reprit en causant le sujet épuisé pour s'applaudir de la résolution de madamoiselle Runières. — Jean, réconforté par un accès d'humeur massacrante qu'il avait exhalée, ne broncha point devant cette confiance naïve. Révéler ce dont il venait d'être témoin l'eût fait descendre à la délation vile; il se tut. — Que lui importaient d'ailleurs les secrètes menées de Jeanne, du moment qu'il n'en était pas dupe?.. Son amour-propre à couvert, il n'avait plus à y songer.

Mais il était dit que ce jour lui réservait les péripéties les plus contraires. Jeanne étant venue dîner à la Chaumière, il arriva qu'elle fut fort affairée avec Yvonne d'une toilette de noce destinée à une femme de chambre que l'on allait marier à un garçon du pays. Dans un coin du salon, tout en devisant, Jean observait, s'émerveillant à part lui d'un aplomb d'innocence si bien jouée, après ce qu'il avait découvert le matin, lorsque tout à coup madame Derneau dit de loin ces mots :

— A propos, Jeanne, n'avons-nous rien aujourd'hui?..

— Ah! mon Dieu! Je l'oubliais, répondit mademoiselle Runières.

Et, sans plus de mystère, elle accourut tirant de sa poche la fameuse lettre qu'elle remit à la bonne dame, après quoi elle s'envola pour retourner vers Yvonne. Jean regardait étonné l'enveloppe intacte.

— Ma foi, dit madame Derneau en riant, après ce que je lui ai écrit, le charmant monsieur est tenace; car c'est la quatrième épître que je lui renverrai, sans qu'on l'ait décachetée!..

Jean comprit et demeura tout penaud. Après tant de frais de jalousie, tant de soupçons, tant de colère et tant d'alarmes, il se retrouvait tout à coup devant la simple explication de ce terrible complot qu'il avait entrevu. Une joie folle l'inonda.

Les éternelles redites sur l'amour seront toujours neuves. La passion nous mène, et le plus sceptique s'y laisse prendre comme le plus naïf. Les agitations de cette journée avaient été pour Jean si cruelles que, lorsqu'il se retrouva seul avec ses pensées, il lui fut impossible de se dissimuler plus longtemps que le superbe dédain de cette sentimentalité vulgaire, qu'il tenait pour une ridicule aberration des sens chez les mortels mal équilibrés, s'était évanoui en fumée. — Il avait suffi de cette idée que Jeanne aimait encore Mauvert, pour le destituer de tout orgueil. Il avait souffert véritablement dans les profondeurs de son être. — Sans accepter encore sa chute, à certaines heures, il se demandait vaguement ce qu'il allait advenir de cette passion dont il se sentait possédé, et son état mental commençait à l'effrayer. Jeanne, après tout, pouvait bien n'avoir pour lui que l'affection fraternelle et franche qu'elle lui avait toujours témoignée... A trente-quatre ans, irait-il, comme un jouvenceau, lui déclarer sa flamme et faire rebuter sa présomption par un éclat de rire ?

Un nouvel incident surgit qui lui donna d'autres soucis.

Un jour qu'Yvonne avait eu l'idée d'aller visiter les ruines d'Elven, ils devaient au retour s'arrêter au Cottage, pour y faire une collation pendant que les chevaux se reposeraient. — Partis dans la matinée, ils revenaient après trois ou quatre heures de route, lorsque, comme ils descendaient

14

de voiture, miss Clifford s'approcha de mademoiselle Runières et lui dit tout bas quelques mots.

— A peine eut-elle parlé que Jeanne fit un geste
d'étonnement, et, fronçant le sourcil avec un air
de hauteur indicible :

— Quoi ! dit-elle, malgré ce qu'on lui a écrit ?

— Qu'est-ce donc ?.. demanda Jean.

— Monsieur de Mauvert, répondit-elle. — Il
est là qui m'attend.

Comme ils échangeaient ces paroles auprès du
perron, miss Clifford fit un signe rapide en montrant la fenêtre ouverte du salon, par laquelle
Mauvert pouvait entendre.

— Que m'importe ! reprit tout haut Jeanne. —
Dites, je vous prie, ma chère Clifford, que je ne
reçois pas, et que, si monsieur de Mauvert a quelque
communication à me faire, il veuille bien s'adresser à madame Derneau, qui répondra pour moi.

Sur ces mots elle allait gagner le jardin quand
Mauvert parut sur le seuil, pâle et défait, un
sourire crispé sur les lèvres.

— Vous êtes cruelle, mademoiselle ! s'écria-t-il
avec un geste tragique, et il est impossible que
vous m'infligiez une telle douleur, sans vouloir
du moins m'entendre !..

Jeanne s'était arrêtée consternée, presque tremblante devant cette apparition soudaine. Jean, la
voyant si émue, intervint sans lui laisser le temps
de répondre.

— Ce qui me paraît impossible, mon cher
Mauvert, dit-il avec le calme qui ne l'abandonnait jamais, c'est que vous insistiez pour obtenir
de mademoiselle Runières une entrevue qu'elle
ne croit pas devoir vous accorder. — Si vous
voulez bien permettre qu'elle agisse chez elle à
son gré, je me ferai un plaisir de causer avec
vous, en prenant sa place dans les devoirs d'hospitalité que comporte l'impromptu d'une visite
aussi complétement inattendue par elle.

— Soit ! répliqua Mauvert de l'air d'un homme
qui accepte un défi.

Et, s'inclinant devant Jeanne, qui rentra avec
Yvonne sans lui adresser un seul mot, il suivit
Jean vers un petit kiosque du jardin. Lorsqu'ils
y furent installés :

— Après l'office que vous avez rempli entre
mademoiselle Runières et moi, mon cher d'Erneau, dit-il, vous trouverez naturel, je suppose,
que je vous demande à quel titre vous intervenez
aujourd'hui.

— Très naturel et très juste, répliqua Jean.
J'interviens, mon cher Mauvert, parce que je
crois utile de vous déclarer carrément ce que
madame Derneau me semble avoir quelque peine
à vous faire comprendre, alors qu'elle invoque
près de vous discrètement des considérations
dont vous paraissez peu disposé à tenir compte.

— Mais, en prétendant violenter les sentiments
de mademoiselle Runières, madame Derneau se
permet d'excéder des droits que je n'ai aucune
raison pour reconnaître.

— Ah ! voilà , reprit Jean. C'est précisément
sur ce point qu'est toute l'affaire. — Violente-t-on
les sentiments de mademoiselle Runières?..

— Les lettres échangées entre elle et moi,
son désir de me voir enfin, vous laisseraient-ils
quelques doutes sur des engagements que sa
situation délicate dénonce d'autant plus sérieux
de sa part et de la mienne?

Jean le regarda dans les yeux.

— Oui, je sais bien, dit-il avec flegme en
soulignant ces mots : *ses lettres, sa situation
délicate,*... tout cela pourrait être une arme au
besoin. — Et j'avoue que, pour un esprit timide
et hésitant, il y aurait là de quoi s'effrayer,

— Vous me comprenez mal ! reprit vivement Mauvert. Je veux simplement dire, lorsqu'il s'agit ici du bonheur ou de l'avenir de mademoiselle Runières, que des influences dont je vois si bien les effets pourraient manquer leur but... fussent-elles même désintéressées.

— Oh ! elles ne le sont pas, répliqua tranquillement Jean d'Erneau.

— Comment dois-je entendre de vous cette déclaration franche ?

— Oh ! dans un sens aussi étendu qu'il vous plaira... Seulement, bornons notre causerie à l'objet qui en fait le fond, et dont vous me semblez avoir quelque peine à pénétrer la signification limpide. — Je m'explique, ajouta-t-il avec un sourire qui répondait à celui de Mauvert. Depuis certaines propositions de voyage en Suisse que vous avez bien voulu lui adresser, et qui lui ont paru ne pas marquer tout à fait de votre part l'estime à laquelle elle avait droit, mademoiselle Runières a fait des réflexions...

Mauvert se mordit les lèvres en écoutant ces derniers mots qui dénonçaient que Jeanne avait tout dévoilé.

— Mais êtes-vous bien sûr pourtant, reprit-il

14.

avec un peu d'ironie, d'être ici un interprète
fidèle de sentiments... que j'ai tout lieu de croire
très différents de ceux qui me paraissent désirés
par madame Derneau et par vous?

— Allons donc, mon cher ! — A une fille de
tête comme celle-là, vous savez bien qu'il ne
serait point aisé de donner le change sur ses
résolutions. — En fait, vous avez été un peu vif,
elle s'en est effarouchée, et c'est votre faute, entre
nous, si vous avez démoli vous-même le château
de cartes édifié par son imagination romanesque.
— Ces choses-là sont toujours fragiles, et de-
mandent un doigté auquel nous ne sommes pas
faits.

— Pardonnez-moi... vous m'y semblez très fort,
mon cher d'Erneau, répliqua Mauvert; car vous
n'imaginez pas, je suppose, si dur que je sois
d'oreille, que je n'aie pas déjà compris le motif
de votre conversion subite, à ces principes de
morale et de convenance que vous voulez bien me
développer.

— Voyons un peu les effets de votre perspi-
cacité. — Selon vous, j'aurais un but?

— Parbleu !

— Et lequel ?

— Tout uniment l'espoir d'en arriver un jour à me supplanter.

— Oh! c'est déjà fait! répliqua Jean avec son flegme.

A cette réponse inattendue, Mauvert ne put réprimer un geste de surprise. Il regarda un instant d'Erneau, qui ne broncha pas plus que s'il eût énoncé le plus simple argument de conversation.

— J'admire au moins cette fois votre franchise, dit-il avec un air contraint, et vous me mettez à l'aise sur ce que je dois penser d'une intervention aussi nettement définie. — Il ne me resterait qu'à vous souhaiter bonne chance, si j'étais plus naïf.

— Oh! en fait de naïveté, ni vous ni moi n'en avons à revendre, mon cher, reprit Jean. — Quant à vos bons souhaits, c'est une autre affaire, car je n'ai nullement l'intention de me prévaloir d'un ascendant que la situation de mademoiselle Runières me défendrait d'exercer sans que j'y perdisse de ma propre estime. — Réduisons donc les choses à leur stricte expression. — Souvent fille varie !.. Vous n'aurez rien compromis de votre innocence, je le suppose, pour avoir

effeuillé dans le mystère une marguerite dont
la dernière réponse ne vous est pas favorable.

— Si désolant que cela soit, nous savons tous
les deux que vous n'en mourrez pas... Après
l'accueil qui vient de vous être fait, vous avez trop
d'esprit pour ne point renoncer à une partie perdue.

— Vous êtes beau joueur quand vous gagnez,
répartit Mauvert. Seulement, vous comptez, ce me
semble, un peu trop sur la veine...

— Que voulez-vous dire?...

— Je veux dire que vous me faites peut-être
honneur d'un trop bon caractère, en arrangeant
ainsi le paisible cours des choses.

— Oh! ceci est une autre guitare! Une affaire
entre nous n'aurait pas le sens commun; vous
savez, d'ailleurs, que je m'en soucie comme d'une
pomme... Si vous voulez parler des indiscrétions
trop faciles par lesquelles vous pourriez compromettre le repos de mademoiselle Runières, votre
menace est enfantine.

— Et pourquoi, je vous prie, ne me prendrais-
je pas, comme vous, d'un beau zèle pour les
convenances et la vertu, en tarissant les larmes
d'une mère éplorée ?..

— Parce que cette belle action s'ébruiterait, et

qu'elle ferait connaître l'échec d'une tentative
qui, n'étant point à votre gloire, nuirait certainement à votre espoir d'une plus heureuse chance,
auprès d'une autre héritière que vous êtes trop
fort pour ne point un jour rencontrer. — J'ajoute
qu'au fond vous êtes meilleur que vous ne voulez
le paraître. Il est de ces maladresses qu'un homme
tel que vous ne commet pas.

— Vous avez une façon de me flatter que je
trouve pour le moins raide, mon cher Jean,
reprit Mauvert ; mais je suis vraiment trop
modeste pour ne point vous retourner votre franchise, en vous disant qu'en fait d'héritière vous
avez l'air de vous y connaître... à donner de
fameuses leçons.

— Bon, entre nous, tout ça glisse ! dit Jean
imperturbable. L'essentiel, c'est que vous soyez
bien sage, et que nous restions bons amis. —
Vous n'êtes pas plus mauvais qu'un autre, et
je veux bien que le diable m'emporte si je ne
vous ai pas sérieusement protégé, — ne fût-ce que
pour jouer un tour à cette canaille de Verdier. —
Ce qui vous manque, c'est l'équilibre d'une position nette. Vous avez de la poigne, mais vous
usez mal de vos dons,

A ce singulier tour de l'entretien, Mauvert eut un mouvement d'embarras ; et comme s'il eût compris tout à coup l'inutilité d'une plus longue résistance, avec un partenaire de cette trempe :

— Vous en parlez bien à votre aise, vous, dit-il en changeant brusquement de ton. Je voudrais vous voir aux prises avec cette vie de bohême du monde, cent fois pire que la vraie misère qui vous a donné des énergies saines en vous forçant à bravement plonger. — Eh ! non, je ne suis pas mauvais, et je veux bien aussi que le diable m'emporte si je souffle un mot de Cardec et de mademoiselle Humphry!.. Vous savez bien cela, puisque vous m'avez retourné comme un gant. Mais morbleu ! après mes espérances, la chute est rude, et si ce n'était pas vous, rien que pour la façon dont je viens d'être reçu, je préfèrerais cent fois un coup d'épée à cette piteuse retraite dans laquelle vous me conseillez d'être bien sage.

— Allons, vous valez mieux que je ne le croyais, dit Jean. — Êtes-vous capable de suivre mes conseils ? ajouta-t-il en lui tendant la main.

— Ils sont jolis et consolants vos conseils ! répliqua Mauvert d'un ton d'humeur. — Dites-les, si vous voulez.

— Vous allez partir, sans chercher à revoir mademoiselle Runières, après notre conversation. En arrivant demain à Paris, vous lui renverrez ses lettres, en galant homme qui se soumet....

— Après?.. demanda Mauvert avec un soupir.

— Après ?.. Vous viendrez le mois prochain passer quelques semaines au lac de Côme ; j'y serai chez lady O'Donor, et vous rencontrerez à sa villa une nièce du général, jeune veuve à marier. Lady Maud vous prêtera son appui.

XXl

Dans le conflit de sensations nouvelles où Jean
se trouvait jeté, tout l'entraînait malgré lui en
dehors de la route qu'il s'était si fièrement tracée. Résolu à fuir, il ne partait pas. Il se disait
bien que chaque jour aggravait le péril ; mais,
à la pensée de quitter la Chaumière pour reprendre cette belle possession de lui-même, et ce
superbe détachement de tous ces liens de cœur
qu'il avait toujours traités de superfluités vaines, il se sentait une sorte de tristesse vague
comme un regret. — Sans qu'il s'en rendît
compte, dans ce milieu d'affections si paisibles
et si vraies, il s'était laissé gagner par une
douce accoutumance dont il avait toujours
ignoré les joies. Il ne pouvait plus se dissimuler

qu'en dépit des réserves consenties, il était
désormais reconnu comme un fils à ce foyer,
où sa présence avait été d'abord un si grand
sujet d'effroi. — Une secrète attirance, et surtout son étrange ressemblance avec Paul, tout
semblait lui crier que Marius était son père, et
le souvenir du baron Sauvageot lui devenait
importun comme s'il eût ressenti l'injure qui
l'avait déshérité.

Bien que cet état surprenant ne troublât encore
Jean qu'à ses heures, son armure de sceptique
entamée, il s'aperçut bientôt qu'il en perdait
chaque jour quelque pièce. — Un soir qu'il
causait avec Marius et madame Derneau, le plus
jeune des enfants, bambin de cinq ans, à mine
éveillée, vint se mettre à cheval sur les genoux
du cousin. Marius se prit à sourire.

— Tiens, Jean, est-ce que cela ne vous rap-
pelle rien, le jeu de ce marmot que vous faites
sauter?.. à Auteuil, quand vous aviez le même
âge, chez la mère Aubert?...

— La vieille mère Aubert? dit Jean, surpris
d'entendre ce nom. — Vous l'avez connue?

— J'étais allé passer huit jours là, pour vous
voir, reprit Marius. — Avez-vous donc oublié un

15

grand bateau que je vous menais faire naviguer sur la mare?

— Quoi! c'était vous?

— Oui, seulement je n'avais pas dit mon nom.

Au rappel si touchant de ce fait, dont sa mémoire d'enfant avait gardé quelque trace, Jean ne put se défendre d'un émoi subit. L'aveu de cette visite cachée impliquait l'aveu des souffrances paternelles que le pauvre Marius avait jadis éprouvées. — C'était la première fois qu'il abordait entre eux cette situation si pleine de péripéties troublantes, et qu'il osait évoquer des souvenirs qu'ils évitaient tous deux de remuer dans l'ombre du passé. Il y avait là comme une affirmation de ces droits de fils dont, par un accord tacite, ils dissimulaient la divulgation.

La présence d'Yvonne arrêta sur les lèvres de Jean toute question imprudente, et pour déguiser l'altération de son calme, il fit passer le bambin du trot au galop avec un entrain désordonné.

Si bizarre que cet éveil de son cœur lui parût, Jean n'en conservait pas moins un reste d'entêtement en ses idées sur la vie. De plus en plus

épris de Jeanne, il ne permettait pourtant pas à
son déréglement d'esprit de prévoir à toute cette
débauche de sentimentalisme un dénouement
prosaïque. La pensée qu'elle pouvait l'aimer et
deviner son secret le jetait dans un trouble de
sens qui l'effrayait parfois jusqu'à le faire trem-
bler pour la solidité de ses principes. Il se voyait
déclarant sa flamme et solicitant sa main... Puis,
tout à coup, cette réflexion lui venait : Qu'advien-
drait-il s'il essuyait un refus ?

Mais les plus belles résolutions tiennent-elles,
quand la passion sévit avec ses joies, ses dou-
leurs et ses rêves ?.. L'amour est notre maître !
proclame un vieux dicton. Jean n'en était plus à
philosopher sur la justesse des proverbes ; il
s'abandonnait à ce charme de la tendresse qui
le possédait enfin. Un regard de Jeanne, un de ces
mots de camarade qu'il trouvait si doux, et son
cœur se fondait dans une ineffable émotion.
C'étaient à la fois une ivresse et une souffrance
dont il gardait l'impression vive, même alors
qu'il y songeait loin d'elle, en ses nuits agitées
par la fièvre, et des idées folles lui montaient au
cerveau. — Si pourtant elle l'aimait ?.. et si elle
allait souffrir d'un amour qu'elle pouvait croire

méconnu ou dédaigné par lui ? — Dans son implacable égoïsme avait-il le droit de partir ainsi sans souci du malheur qu'il laisserait après lui ? — Il en venait alors à pactiser avec ses résolutions extrêmes, en se disant qu'après tout son devoir était d'interroger adroitement Jeanne pour pénétrer le secret de son âme. Ne valait-il pas mieux d'ailleurs en finir avec cette aberration ridicule, en se donnant à lui-même la preuve qu'elle n'avait au cœur qu'une de ces franches amitiés qui excluent toute possibilité d'un sentiment plus tendre?.. Une fois certain de la stupidité de ses préoccupations débilitantes, il n'aurait plus qu'à soigner son accident en le traitant brutalement comme un accès de folie. — Ces intermittences de raison conduisaient toujours Jean à la justification de sa faiblesse. Il prenait un parti héroïque, mais, lorsqu'il était près d'elle, il n'osait plus parler.

Un innocent propos vint encore aggraver ses perplexités.

Un jour qu'Yvonne était au Cottage, comme ils devisaient gaiement tous trois sur le retour de Paul, qu'une lettre annonçait pour le surlendemain, les deux amies se mirent à faire mille

projets de parties. Jean était naturellement
consulté.

— Je ne vois qu'un léger obstacle à mon concours pour protéger vos escapades, dit-il en riant,
c'est qu'il me faudra bientôt partir.

— C'est vrai ! répliqua Yvonne, votre fameux
voyage au Japon !... Mais nous avons des moyens
de vous retenir, ajouta-t-elle en regardant
Jeanne.

— Et les graves affaires, qu'en faites-vous?

— Les graves affaires, reprit Yvonne, c'est
précisément ce que nous avons ici, et vous nous
êtes indispensable pour les mener à bien...
N'est-ce pas, Jeanne?

Jeanne devint toute rouge.

— Que tu es folle, dit-elle, et bavarde en
même temps !

Yvonne se tut, non sans lui lancer un regard
malicieux. Miss Clifford survenait interrompant
leur causerie.

Jean était trop clairvoyant pour n'avoir point
surpris le trouble de Jeanne. Plus d'une fois il
avait déjà noté entre elles des causeries à l'écart,
des mystères. A coup sûr, les paroles d'Yvonne
trahissaient un secret. Il en demeura tout pensif.

— Que pouvait signifier cette assurance de le
retenir, sinon qu'Yvonne était dans la confidence
de Jeanne, qu'elles savaient toutes deux qu'il
l'aimait, et qu'elles comptaient qu'un mot suffirait à lui faire abandonner ses résolutions de
voyage? — Attendri par les révélations contenues dans cette espièglerie naïve, il eut
comme la vision de ce cataclysme conjugal dont
il fuyait avec terreur la pensée... Aurait-il maintenant la force de fuir ou le courage de résister ?

Le retour de Paul fit pourtant encore diversion aux préoccupations de Jean, en lui créant
un nouveau prétexte de retarder un entretien
décisif avec Jeanne. Pour se débarrasser du souci
de ses luttes et fixer un terme à ses tergiversa-
tions, il prit enfin le parti de se lier envers lady
Maud, qui l'accablait de ses reproches, par la
promesse qu'il arriverait à Côme dans un délai
de huit jours. — Une fois cette parole engagée,
il ne songeait plus qu'à profiter de ses derniers
jours pour décider de sa vie, lorsqu'un événement majeur arriva.

Un matin qu'ils étaient partis avec Paul pour
gagner la baie de la Forest, ils étaient tous quatre

assis sur le sable, devisant gaiement, en regardant la mer et suivant au loin les bateaux des pêcheurs. Yvonne et Jeanne avaient récolté par les bois des violettes tardives dont Paul leur composait un bouquet.

Jean s'était levé par hasard pour aller cueillir de petites fleurs blanches pendant en grappes au flanc de la roche qui les abritait, quand il aperçut un jeune gars de quinze ou seize ans couché derrière une touffe d'ajoncs, et qui, se voyant découvert, s'enfuit à toutes jambes et disparut dans les bruyères. — Jean, surpris de ce voisinage et riant d'inspirer un tel effroi, crut se rappeler que, depuis deux ou trois jours, ils avaient déjà rencontré ce garçon sur leurs pas... Le soupçon lui surgit qu'il venait les épier ou qu'il s'était glissé là pour les entendre. Voulant éclaircir ses doutes, il gravit un petit tertre et revit le fuyard qui se faufilait en se baissant parmi les houx, et rejoignait un paysan qui semblait l'attendre, caché dans un buisson. — Le manège de ces gens était trop suspect pour que Jean ne conçût aussitôt l'idée d'approfondir le mystère. Avisant un sentier qui descendait presque droit au revers du taillis, il se lança en courant pour leur couper la retraite. — Comme il tournait l'angle du chemin, il les aperçut au moment où ils quittaient le fourré.

— Hé! l'homme! cria-t-il, comme s'il eût voulu demander quelque renseignement.

A sa voix, le jeune gars se retourna avec un tressaillement brusque.

Sous ces habits de garçon, Jean reconnut lady O'Donor.

XXII

Une telle rencontre était à coup sûr étrange. Jean n'en témoigna pourtant nul émoi.

— Quoi ! c'est vous ? dit-il.

Lady O'Donor soutint son regard l'air encore effaré ; mais, se remettant aussitôt :

— Eh ! bien, oui, c'est moi, répondit-elle ; qu'y a-t-il là d'étonnant ?

Le paysan les considérait tous deux ; d'un signe elle lui donna l'ordre de s'éloigner, il obéit. Puis, avisant un petit tertre moussu sous l'ombre d'un grand chêne :

— Nous serons au mieux là pour causer, si vous le voulez, de cette heureuse aubaine, mon cher Jean, reprit-elle en s'y laissant tomber de fatigue ; nous n'avons pas à craindre les importuns.

15.

Jean s'installa près d'elle, aussi impassible que s'ils se fussent retrouvés là s'étant quittés la veille.

— Ah çà ! ma chère Maud, dit-il, à quel jeu jouons-nous ?

— J'allais précisément vous le demander, Jean, répliqua-t-elle, car, vous le savez, j'ai la tête un peu dure. N'entendant rien à ces affaires assez compliquées qui vous retenaient si long-temps ici, je suis venue dans la crainte que vous ne souffrissiez trop de mon absence.

— Et d'où venez-vous ?

— De Côme, tout droit, où je vous attendais !

— Mais depuis quand êtes-vous en Bretagne ?

— Depuis quatre ou cinq jours.

— Pourquoi ne m'avez-vous pas averti ?

— C'est une idée qui m'a prise, un matin. Vous savez que je suis coutumière de ces sortes de fugues. Je voulais vous faire une surprise... Dans mon projet, je vous guettais aux alentours de la Chaumière, vous sortiez avec vos Derneau... et soudain sur la route, je me montrais à vous dans ces habits de paysan sous lesquels vous seul pouviez me reconnaître... Je riais d'avance de votre étonnement, de votre joie et du manège qu'il vous faudrait tenter pour venir bien vite me rejoindre... Ce plan n'était-il pas joli ?

— En effet, reprit Jean, et je retrouve là votre originalité charmante... Pourtant il me semble que vous l'avez singulièrement modifié, votre plan.

— Je l'ai exécuté de point en point, mon cher Jean, et, dès le jour de mon arrivée, je courus rôder autour de votre demeure. Seulement, par une mauvaise chance, quand vous êtes sorti, la première personne que j'ai aperçue près de vous c'était mademoiselle Runières... Comme, d'après ce que vous m'aviez dit, je la croyais au fin fond de l'Italie, cela m'a paru bizarre.

— Et tout naturellement vous avez voulu vous renseigner...

— J'étais désireuse de savoir si je ne serais pas mal venue de tomber ainsi à Cardec sans crier gare. — Discrétion pure !

— En retardant ainsi le moment de cette agréable surprise, avez-vous fait au moins de grandes découvertes ?

— Oh ! beaucoup plus que je n'en attendais, mon cher Jean, et peut-être même, je le crois, des choses que vous ignorez vous-même... Si bien, ma foi, que j'allais vous écrire, ce soir, pour

vous apprendre mon arrivée, si vous ne m'aviez
aperçue ici.

— Et comptez-vous rester quelques jours?...
demanda Jean tranquillement, comme si cette
conversation lui eût paru des plus simples.

— Je consulterai là-dessus mon seigneur et
maître, répondit-elle avec un sourire... Le pays
est charmant, et, s'il lui plaît de remettre à
quelques semaines notre villégiature de Côme,
je m'accommoderai fort bien de ce qu'il déci-
dera.

Devant tant de douceur, Jean ne se méprit
point sur la gravité de la situation.

— Vous ne songez pas, ma chère, reprit-il, qu'il
serait presque impossible de nous voir ici sans
éveiller l'attention... Les bonnes gens du pays
auraient bientôt éventé un mystère.

— Eh! bien, les bonnes gens diront que je suis
votre maîtresse! Je suppose que cela vous importe aussi peu qu'à moi, de la part de ces
sauvages... Vous me cacherez d'ailleurs sous
quelque nom étranger: Smithson, Parker. —
Humphry n'était pas mal; mais vous en avez
déjà l'emploi. — Nous fonderons ainsi à Cardec
une petite colonie américaine, en attendant

que vous ayez mené à bonne fin le mariage de votre ami Mauvert.

Jean connaissait trop l'entêtement et la décision de lady O'Donor, pour se faire la moindre illusion sur son dessein prémédité d'intervenir violemment au besoin entre Jeanne et lui, si elle se devinait trahie. Il comprit de reste à son langage que, bien qu'elle ne fût encore qu'aux soupçons, elle avait résolu de ne point quitter Cardec aussi longtemps qu'il y séjournerait. Il la savait assez folle pour tout oser, s'il brusquait à cette heure une rupture qu'il valait mieux en tout cas retarder.

— Vous seule possédez l'art de déraisonner avec tant de grâce, chère Maud, dit-il en riant; mais vous oubliez toujours que je pénètre vos pensées, même quand vous réussissez à vous contraindre... Disons tout ! En retrouvant ici mademoiselle Runières, vous êtes repartie dans vos idées... J'avoue que les circonstances ont pu vous égarer cette fois, car il devient avéré que je vous ai fait un conte lorsque je la disais en Italie...

— Jean, reprit-elle, changeant de ton tout à coup, donnez-moi votre parole d'honneur que vous ne l'aimez pas !

— Je vous donne ma parole que nous partirons pour Côme le jour qu'il vous plaira, répondit-il éludant cette brûlante question. Et jusque-là, si vous m'en croyez, vous renoncerez à d'inutiles imprudences qui ne peuvent avoir aucun but, sinon de vous exposer à une rencontre avec mademoiselle Runières, qui serait embarrassante et délicate, autant pour elle que pour vous... Ce serait là un nouvel acte de folie que je ne tolérerais pas !

Lady O'Donor, fronçant ses jolis sourcils, allait répondre, quand la voix d'Yvonne se fit entendre à quelques pas. Presque au même instant, Paul et Jeanne paraissaient au détour du sentier. D'un geste rapide, Jean faisait signe à Maud de ne point se montrer ; mais tout à coup elle se leva, et, traversant la route :

— Bonjour, ma chère Jeanne! dit-elle.

A cette voix bien connue, Jeanne demeura si consternée qu'elle eut peine à répondre en prenant machinalement la main que le jeune gars lui tendait.

— Lady O'Donor ! murmura-t-elle toute rougissante.

— Eh ! bien, ma jolie mignonne, ne vous effrayez

pas ! reprit Maud en souriant avec ce grand air
qui lui était particulier. Je suis dans la confidence de votre secret ; je vous ai aperçue tout à
l'heure, et M. d'Erneau que voilà m'a tout dit.
Nous sommes assez amies, je pense, pour que
vous me mettiez du complot. — D'ailleurs,
ajouta-t-elle en montrant ses habits, je passe
comme vous le voyez, en touriste, dans le plus
strict incognito, et j'ai besoin de discrétion moi-
même en cette escapade de garçon qu'un si
curieux hasard a trahie.

Rassurée par ces paroles, dont elle ne pouvait
suspecter la véracité, Jeanne se remit bien
vite de son émotion. L'originalité de lady
O'Donor expliquait suffisamment un séjour en
Bretagne sous un tel déguisement. — Yvonne
ouvrait de grands yeux, et les présentations
faites, donna, ainsi que Paul, une poignée de
main à ce jeune compagnon qui leur paraissait
fort gentil.

— Me voilà votre prisonnier, reprit Maud en
riant, et il faut que je vous suive : seulement,
tenez-vous-le pour dit : à la première occasion,
je m'évade !

Tout cela s'était passé si rapidement que Jean

n'avait pu intervenir. Mais il n'était plus temps
de contrecarrer cette subtilité qu'il appréciait
certes bien, puisqu'elle était son œuvre ; il comprit le danger d'aviver une jalousie désormais
trop fondée en manifestant la moindre crainte.

Le berger qui accompagnait Maud était resté
à distance, elle l'appela ; puis tirant un petit
carnet de sa poche, elle écrivit quelques mots,
déchira le feuillet, et dit en le pliant :

— Tenez, retournez seul, remettez cela et ajou-
tez qu'on ne m'attende pas. — J'avertis ma
femme de chambre, reprit-elle en s'adressant à
Jeanne.

L'homme s'éloigna ; on s'en revint au Cottage
comme en partie. Yvonne, toute ravie de l'a-
venture, animait par sa gaieté d'enfant ce retour
à travers les futaies ; lady O'Donor s'était déclarée
son page et Jeanne le lui disputait. L'arrivée au
Cottage fut un autre événement. La gouvernante
resta ébahie.

— C'est un neveu qui vous arrive, ma chère
madame Humphry ! dit en anglais Maud, que
miss Clifford connaissait bien.

Il avait été convenu qu'ils dîneraient tous chez
Jeanne. Paul courut en donner avis à la Chau-

mière. Comme lady O'Donor et Jean se trouvaient
seuls un instant :

— J'ignore ce que vous méditez, ma chère
Maud, dit-il ; mais vous n'oublierez point, je
l'espère, que mademoiselle Runières est ici sous
ma protection...

— Et moi, Jean?... demanda-t-elle du ton le
plus calme en le regardant dans les yeux, qu'est-
ce que je deviens pour vous dans tout cela ? —
Merci pourtant de votre conseil, ajouta-t-elle avec
son sourire de sphinx, il me guidera.

Jean comprit que la lutte était engagée et
qu'il n'obtiendrait rien de cette ténacité en éveil.
l avait trop souvent éprouvé le caractère de lady
O'Donor pour ne point redouter un éclat, dût-
elle s'y perdre avec Jeanne. Il fallait avant tout
éviter d'accroître ses soupçons par la moindre
imprudence, ou les détourner jusqu'à l'heure
d'une explication décisive dont le séjour de Côme
lui fournirait l'occasion plus propice. Il aviserait
alors.

Les jeunes filles s'étant rapprochées, l'entretien tourna au badinage, et Maud s'y montra
d'une aménité fort plaisante. Le costume breton,
ses longs cheveux sur ses épaules donnaient à ses

airs de patricienne une inexprimable grâce, et elle jouait son rôle de page avec une désinvolture galante du plus original effet. Jean pourtant n'était point dupe de cette feinte aisance. Par instants, sous les airs d'indolence, il surprenait quelque regard acéré qui courait de Jeanne à lui avec une énergie sombre ; il devinait qu'elle tendait ses pièges. Au retour de Paul, on servit le dîner, qui fut d'une gaieté folle. — Sûr de la possession de lui-même, Jean se flattait déjà d'avoir déjoué des astuces qui cherchaient à le surprendre, quand ce mot de lady O'Donor le remit en alerte.

— A propos, chère Jeanne, dit-elle tout à coup, j'ai oublié de vous demander des nouvelles de M. de Mauvert...

A cette question, Jeanne ne put se défendre de rougir.

— M. de Mauvert ? balbutia-t-elle, mais... je n'ai aucune raison d'avoir de ses nouvelles.

— Allons, mignonne, reprit en souriant lady O'Donor, je suis maintenant trop avant dans la confidence pour que vous fassiez la discrète. J'ai su d'ailleurs autrefois vos grands chagrins, et j'étais de votre parti contre la rigueur qui séparait de si

gentils amoureux. — Ce n'est pas pour rien, je
suppose, qu'il a quitté Rome, ajouta-t-elle d'un
ton de malice, et vos deux beaux yeux m'ont
tout l'air d'être pour beaucoup dans ce voyage
plein de jolis projets.

— Vous vous trompez, dit froidement Jeanne,
qui réussit à maîtriser son trouble ; si ces projets, dont vous parlez, ont pu exister un jour,
ils n'existent plus !

— Vraiment?.. s'écria Maud en riant. Oh!
alors, chère, je suis confuse. Je ressemble à ces
gens qui règlent leur montre sur une horloge
arrêtée!.. Ne prenez pas mon ignorance pour un
manque d'intérêt sur ce qui vous touche ; notre
ami d'Erneau vous dira que c'est là un propos du
monde, auquel il a cru comme moi.

Le dîner s'acheva sans que cet incident, en
apparence futile, en eût altéré l'allégresse. On
descendit au jardin. Yvonne s'était emparée du
bras de Jean, et, dans son babil, ne tarissait pas
d'éloges sur la belle étrangère qui marchait
avant, entre Paul et Jeanne que son page tenait
par la taille avec un abandon charmant.

— Savez-vous une idée qui m'est venue, cousin? dit-elle ingénument. Vous devriez insister

avec Jeanne pour que lady O'Donor reste une ou deux semaines au Cottage.

— Oh ! c'est impossible, elle retourne à Paris ! répliqua-t-il en se hâtant de rejoindre le groupe.

XXIII

Quel que fût son sang-froid dans les circonstances critiques, Jean ne pouvait plus se dissimuler la gravité de cette intervention décisive
de lady O'Donor. Les réelles assurances qu'il lui
avait données d'un mariage de Jeanne et de Mauvert étaient à cette heure trop clairement démen-
ties, pour qu'il fût possible de recourir à des détours. La lutte était engagée, et, certain qu'elle
ne reculerait devant aucune audace, il ne lui restait plus qu'à atténuer le péril d'une explication
très nette qu'il n'était point d'humeur à esquiver
longtemps. Le plus pressant, c'était de lui faire
quitter Cardec. Côme était un merveilleux champ
pour ce duel dans lequel il fallait prévoir des
péripéties violentes que la nature de Maud suffi-

sait à lui faire redouter. — Là, fort de son ascendant et leur rupture dénoncée, il pourrait du moins empêcher un de ces actes de folie immédiate qu'il la savait prête à commettre. Il défendrait Jeanne à tout prix, par des moyens de persuasion sur lesquels il comptait.

Sa résolution prise, il se montra charmant; mais le drame se jouait sous ce ton de badinage sans qu'il fût possible d'en rien soupçonner. Yvonne et Paul, gagnés par la grâce exotique et bizarre qui était chez lady O'Donor une séduction suprême, prodiguaient à l'envi leur cordialité franche, comme si l'amie de Jeanne eût eu droit dès cette heure à toute leur amitié. Ils ne manquèrent point d'insister pour qu'elle leur accordât quelques jours de son excursion de touriste. A son grand émoi, Jean l'entendit accepter ces offres d'hospitalité avec une aisance tranquille... Il songea aussitôt à l'embarras où allait le jeter cette nouvelle équipée. Malgré le mystère qui entourait leur liaison, l'idée d'installer sa maîtresse sous le même toit que Jeanne ou de souffrir sa présence auprès d'Yvonne le révoltait dans sa délicatesse à l'égard des Derneau. Rongeant son frein, il se promit de couper court dès le soir même à cette situation scabreuse en s'expliquant avec Maud... Pour faire naître une occasion. de tête-à-tête entre eux, il proposa un tour dans le parc, comptant saisir un moment opportun. Mais, comme si elle eût deviné son dessein, il crut s'apercevoir bientôt qu'elle évitait de quitter Yvonne et Jeanne. — En errant par les allées, ils avaient atteint la porte du bois ; il faisait une délicieuse soirée, et la lune éclairait les taillis allongeant les grandes ombres des chênaies.

— Allons jusqu'à la grève, dit Jeanne.

Ils partirent, au vif contentement de Jean ; mais ils avaient à peine fait quelques pas que lady O'Donor s'aperçut qu'elle était tête nue.

— Ce que c'est que d'être garçon, dit-elle, j'ai oublié mon chapeau quelque part.

Paul s'offrit pour aller le chercher.

— Non, accompagnez-moi, reprit-elle, vous ne le trouveriez pas, je sais où je l'ai laissé.

Et, prenant son bras, elle l'entraîna en courant. Jean, forcé de rester près d'Yvonne et de Jeanne, attendit leur retour. Il fallait une minute pour regagner le Cottage, pourtant les instants se passèrent, et ils ne revenaient pas. Surpris d'une si longue attente, Jean était rentré avec

les jeunes filles pour aller au-devant d'eux lorsque Paul reparut seul.

— Eh ! bien, et lady O'Donor ? s'écria Yvonne.

— C'est étrange ! répondit-il, je ne sais ce
qu'elle est devenue.

— Comment cela ? demanda Jean.

— En arrivant à la pelouse, elle m'a dit de
l'attendre. Par discrétion, j'ai obéi... Mais, comme elle ne revenait pas, je suis allé jusqu'au
salon. Miss Clifford ne l'avait pas vue !...

Jean devina sur-le-champ qu'il se passait quelque chose d'extraordinaire. Il prit sa course pour
s'éclairer sur le fait. Sans perdre de temps, il
alla droit au logis du portier. L'homme avait
entendu ouvrir la grille, et il avait vu sortir la
dame déguisée sans autrement s'en étonner...
En deux bonds, Jean fut sur la route. Il aperçut de loin une voiture qui s'éloignait rapidement. Ce fut comme un éclair dans sa pensée :
lady O'Donor s'enfuyait pour échapper à toute
explication entre eux et poursuivre sans doute
son but de vengeance. En lui dérobant sa retraite, elle le mettait dans l'impuissance de déjouer
ses attaques contre Jeanne. Elle se soustrayait
enfin à une lutte où elle redoutait de ne pouvoir

résister à cette implacable volonté dont elle connaissait les étreintes. — En un instant il eut mesuré le péril ; mais comment le prévenir ? Comment la rejoindre et l'empêcher d'agir ! Il était évident que la voiture était venue l'attendre là par son ordre et que sa fuite était préméditée.

. Paul et Yvonne s'épuisaient en conjectures...

— Je tiens le mot de l'énigme, dit tout à coup Yvonne : elle nous a signifié qu'elle s'évaderait, elle a voulu accomplir son coup, pour revenir demain matin, avec ses gens, se rendre en forme à l'invitation de Jeanne.

La bizarrerie connue de lady Maud pouvait à la rigueur justifier pareille fugue. Cette explication fut adoptée sans conteste, Jean ne la démentit pas. On se quitta sur cet espoir.

Une demi-heure après comme ils arrivaient à la Chaumière, Jean attira Paul à l'écart.

— Vite, lui dit-il, venez et courons aux écuries faire seller deux chevaux.

— Qu'y a-t-il donc ?

— Je vous le dirai.

Paul le suivit, devinant au ton de Jean qu'il y avait urgence. Lorsqu'ils furent seuls, il s'informa.

16

— Il faut que nous retrouvions lady O'Donor, répliqua Jean.

— Pourquoi ?

— Ne m'en demandez pas davantage... Qu'il vous suffise de savoir que cette fuite singulière dénonce peut-être qu'elle va perdre Jeanne.

— Quoi, s'écria Paul, lady O'Donor est-elle donc son ennemie ?

— La plus implacable ! Vous connaissez le pays... il faut que vous m'aidiez à la retrouver dès ce soir.

— Oh ! ce sera facile ! reprit Paul. Le berger qui l'accompagnait est de l'auberge de Saint-Landry, elle ne peut être logée que là, n'étant point à Cardec. Dans une demi-heure nous y serons !

En cinq minutes les chevaux furent prêts. Ils partirent au galop, et gagnèrent bientôt le village, où Paul interrogea les gens d'un cabaret. Ils avaient vu passer une calèche sur le siège de laquelle ils avaient reconnu le berger. Assurés de ce renseignement, ils repartirent, coupant par une traverse, ce qui, abrégeant de beaucoup la route, pouvait leur faire espérer de rejoindre la voiture. Il faisait nuit noire lorsqu'ils arrivèrent à Saint-Landry. Dès la première question, l'aubergiste leur fit cette réponse :

— Si c'est la dame qui est arrivée l'autre semaine et qui s'habille en garçon, elle demeurait ici, mais elle est partie !

Il raconta alors que son fils, qu'elle avait pris pour guide, avait été dans la journée porter une lettre à Fouesnant, qu'il en avait ramené une voiture, dans laquelle les deux domestiques de la dame étaient montés, pour aller la chercher après avoir payé leurs comptes. Il n'en savait pas davantage.

Il était impossible de douter plus longtemps, et cette précipitation d'un départ confirma Jean dans la pensée qui lui était déjà venue d'un éclat d'autant plus à redouter qu'il ne pouvait prévoir par quels coups Maud méditait de le frapper. Il connaissait trop les emportements de cette nature indomptée que son ascendant avait eu souvent tant de peine à vaincre, pour espérer un instant qu'elle reculât devant quelque extrémité que ce fût.

Paul interrogeait anxieux, devinant sans peine les sombres préoccupations de Jean. Selon toute probabilité, lady O'Donor était hors d'atteinte, et il était trop tard dans la nuit pour essayer de retrouver ses traces. Ils reprirent le chemin de la Chaumière au pas, car ils avaient surmené leurs chevaux ; ils purent alors causer.

— Jean, me permettez-vous de vous interroger ? dit Paul tout à coup, comme suivant une pensée inquiète qu'il n'osait formuler.

— Je ne puis avoir rien de caché avec vous, mon ami, répondit Jean.

— Eh ! bien, reprit Paul, il y a un secret, n'est-ce pas, entre cette lady O'Donor et mademoiselle Humphry... pouvez-vous me le dire?

— Votre question est un peu délicate; mais j'y veux répondre pour que vous ne vous égariez pas. Le secret, s'il y en a un, est tout à fait ignoré de Jeanne, qui n'a jamais eu avec lady O'Donor que des relations mondaines que peut nouer une jeune fille comme elle, avec une veuve qui mène le train un peu libre que vous avez vu.

— Mais la cause de cette agression que vous semblez redouter?

— Mon Dieu! explique-t-on jamais les haines, ou les jalousies de femmes?.. Lady O'Donor est un peu folle, voilà tout!

— Alors, cette jalousie serait donc au sujet de ce M. de Mauvert?

— Qui sait? répliqua Jean, éludant encore...

— Écoutez, Jean, reprit Paul d'un ton d'insistance un peu émue, répondez-moi comme un ami, comme un parent, au nom de cette affection sûre comme un lien fraternel, que je sens entre nous depuis que je vous connais. Il y a dans la situation de mademoiselle Humphry quelque mystère que j'ai pressenti, mais que j'ai respecté comme je la respecte elle-même. Elle est simple, bonne, on devine jusqu'en son regard d'enfant une âme franche et trop pure pour qu'il soit possible de soupçonner rien qui ne soit digne d'elle...sinon quelque malheur de famille peut-être, qui vous fait aujourd'hui son défenseur.

— Vous résumez tout en ces quelques mots, mon cher Paul... Jeanne est, ainsi que vous le dites, la nature la plus vraie, et quelques ennuis de famille ont en effet troublé son repos... En tous cas, tranquillisez-vous, si je ne puis vous confier ce que vous appelez un mystère, sachez du moins qu'elle a pour elle le bon droit.

— Merci, Jean, reprit Paul. A votre langage

16.

qui me rassure, je comprends que je serais
indiscret de vous demander un secret qui n'est
pas le vôtre... Pourtant, permettez-moi encore
une question à laquelle, je l'espère, il vous sera
facile de repondre.

— Interrogez.

— Mademoiselle Humphry est–elle donc très
riche?..

— A quoi supposez-vous cela?

— A plusieurs indices. — D'abord les manières d'être de sa tante avec elle, qui semblent
toujours empreintes de je ne sais quelle réserve
timide de parente pauvre. Puis, aujourd'hui,
le ton, et surtout une sorte d'aisance familière
de cette lady O'Donor, qui paraissait s'adresser
à une jeune fille de son rang, n'ayant rien à lui
envier. Jusqu'aux façons enfin de mademoiselle
Jeanne, que je n'avais jamais vue ainsi... On eût
dit quelque princesse déguisée, surprise et remettant un instant sa couronne...

— La, la! vous voilà parti!.. s'écria Jean
d'Erneau avec un sourire. Un peu plus, vous allez
imaginer quelque jeune reine dépossédée de son
trône...

— Ne me raillez pas, Jean, répondit Paul en

souriant aussi, car mes questions sont loin d'être une curiosité vaine. J'ai intérêt à m'informer près de vous si mademoiselle Humphry est d'une très grande famille... ne fût-ce que pour la servir mieux en vous secondant au besoin.

— Eh ! bien, au risque de vous faire souffrir dans vos poétiques illusions, je vous confierai, sans la moindre indiscrétion sur elle, que mademoiselle Humphry sera à la vérité fort riche, mais qu'elle n'est ni reine ni princesse, ni plus noble qu'Yvonne, ou que vous, ou que moi.

— Mais sa fortune est-elle donc de celles qu'on ne puisse aisément égaler ?..

Au ton un peu hésitant dont Paul prononça ces derniers mots, Jean se retourna vers lui étonné.

— Bon Dieu, Paul, s'écria-t-il en riant, vous parlez comme si vous songiez à demander sa main !

— C'est que j'y songe en effet ! répondit Paul avec son franc regard et sans le moindre embarras, et je vous avoue que, depuis que je la connais, l'idée m'est revenue bien souvent que je ne pourrais faire un meilleur choix... Vous comprendrez maintenant pourquoi je m'informais de ce M. de Mauvert et de cette lady O'Donor qui, dites-vous,

peut attenter à son repos, pourquoi enfin je vous
interroge avec tant d'insistance sur son état dans
le monde. Il y a longtemps déjà que je voulais
m'ouvrir à vous, et, dès le lendemain du jour où
j'ai appris par Yvonne qu'elle était dégagée d'un
lien déjà projeté, j'ai songé à vous écrire. Puis je
me suis dit qu'il y aurait une sorte de présomption
blessante et presque une offense pour elle à cette
hâte... Il fallait acquérir l'espoir que je pouvais
être aimé d'elle, afin de ne point troubler sa confiante quiétude au milieu de nous.

Jean l'écoutait atterré.

— Et cet espoir, dit-il, vous l'avez à cette
heure ?

— Oh ! ce serait de ma part une folie de
prendre cette camaraderie franche, qui règne
entre nous tous, pour autre chose que la géné-
reuse effusion de son naturel charmant !.. Si résolu
que je sois avec vous, je suis toujours un peu
timide auprès d'elle. Il y aurait d'ailleurs une
sorte de délicatesse d'hospitalité qui me défendrait de l'exposer à la moindre contrainte.— La
croyant dans une situation très modeste qui faisait de moi un beau parti, j'eusse craint d'effa-
roucher sa fierté en me montrant trop hardi. Je

voulais attendre qu'elle comprît que, mon bonheur pouvant me venir d'elle, c'était elle qui me donnait tout, en consentant à devenir ma femme... Des extravagances d'amoureux, quoi !... Allons, ajouta-t-il avec mélancolie en voyant que Jean restait silencieux, après de si beaux rêves me voilà avec ma cruche cassée!.. J'ai l'air d'un paysan élevant ses visées jusqu'à la fille de son seigneur. C'est elle qui est riche et c'est moi qui suis pauvre !

— Non, ce serait mal connaître Jeanne, dit vivement Jean, que d'attribuer à un pareil motif les résolutions de son cœur!.. Mais, puisque vous vous confiez à moi, mon cher enfant, je suis forcé de vous mettre en garde contre des espérances qui se heurteraient à des difficultés d'un tout autre ordre... et qui viendraient très certainement de votre père.

— De mon père ! s'écria Paul, que me dites-vous là ?

— Je ne puis m'expliquer davantage. Sachez seulement que vous rencontreriez surtout de ce côté un obstacle très réel.

Ils arrivaient à la Chaumière où les gens de l'écurie les attendaient. Ils se séparèrent sur ces mots.

XXIV.

Lorsqu'ils se furent quittés, Jean demeura pensif. Pris par toutes les fibres de son cœur, il n'en était plus à marchander à Paul les sentiments d'un frère. Il aimait cette grâce et cette poésie de jeunesse qui lui avaient manqué. La conversation qu'il venait d'avoir l'avait jeté dans un cours de pensées imprévues. — Le fils de Marius se fourvoyant dans l'idée d'un mariage avec la nièce du baron Sauvageot, il y avait là à coup sûr une étrange fatalité. Le rêve du pauvre garçon, s'il était plus qu'une inclination vaguement éveillée par la familiarité si cordiale que les circonstances avaient nouée, menaçait de devenir un terrible sujet de complications. — Résolu à ne plus retarder cet échange d'aveux avec Jeanne, qui devait décider de leur avenir, Jean ne pouvait se dissimuler que la confidence qu'il venait de recevoir allait, en tout cas, faire naître entre Paul et lui l'embarras d'une rivalité troublante. Si, par malheur, sous ce calme de raison se cachait quelque passion profonde qui s'ignorait elle-même, comment atténuer cette douleur ou consoler ce chagrin qu'il allait lui-même infliger? Son mariage arrêté avec Jeanne, était-il possible désormais qu'elle restât à Cardec, où sa présence deviendrait un sujet de constante affliction pour tous, et la vue de leur bonheur un supplice pour ce frère qu'il destituait de toute espérance? Il songeait à cette bizarre prédestination qui semblait le poursuivre et renouveler, après tant d'années, le malheur de sa naissance. — N'avait-il donc retrouvé son père que pour apporter à son tour à cette famille heureuse un irréparable chagrin?

Pourtant, en y réfléchissant, Jean se dit bientôt qu'il se lançait là dans des prévisions dont en réalité rien ne justifiait les alarmes. Il y avait loin de ce projet inconscient, qu'un seul mot de Marius suffirait à rompre à tout jamais, aux péripéties désolantes qu'il entrevoyait déjà. — Ne se pouvait-il pas d'ailleurs que dans cet entretien à

propos de Jeanne, Paul n'eût eu d'autre idée que
d'admettre en plaisantant la possibilité d'un mariage où tout semblait pour lui s'accorder à ses
goûts ?.. Conclure de ce propos en l'air aux ardeurs
d'une passion dont il aurait à gémir, n'était-ce
point une déraison ?

Mais, réconforté sur ce point par de telles
réflexions, Jean avait à cette heure un bien autre
souci de lady O'Donor. Il dormit peu, attendant
le jour pour retourner à Saint-Landry. Le berger
qui l'avait accompagnée serait probablement de
retour et donnerait des renseignements précis
d'après lesquels il agirait.

Comme il s'éveillait au bruit des gens, un
valet d'écurie frappait à sa porte lui annonçant
qu'un paysan le demandait, chargé, disait-il, d'un
message pressé qu'il ne voulait remettre qu'à lui.
Jean sauta en bas du lit, et, en une minute, descendit aux communs. Il y trouva le berger qui,
la veille, était avec Maud lorsqu'il l'avait ren-
contrée.

— D'où venez-vous ? lui demanda-t-il au premier mot.

— De Quimper, monsieur ! répondit le garçon
et j'ai une lettre à vous donner.

En jetant les yeux sur l'enveloppe, Jean reconnut l'écriture de lady O'Donor, il l'ouvrit à la hâte et lut ce qui suit :

« Je sais ce que je voulais savoir, mon cher Jean, et j'ai compris que ma présence à Cardec vous serait une gêne. Quand vous lirez ce mot, j'aurai quitté la Bretagne, ne me cherchez donc point. En vous envoyant cet adieu, je vous souhaite bonne chance.

» MAUD. »

Cette lettre énigmatique, dont la modération le surprit, laissa Jean sous une impression inquiète. Il connaissait trop le caractère de lady O'Donor pour ne point deviner que cette résignation affectée, qui ne soulevait point le moindre reproche, n'avait d'autre but que de masquer quelque dessein résolu. Le berger, interrogé, répondit qu'elle l'avait chargé de la lettre comme elle partait pour Paris.

Sous le poids de ses craintes, Jean attendit avec impatience l'heure d'aller au Cottage. Sans effrayer Jeanne, il fallait la préparer à tout événement et décider de leur vie par cet aveu de son amour si longtemps combattu. — Fiancés alors, au moindre indice d'un danger, ils partiraient cette fois pour ne plus se quitter jusqu'au jour où ils pourraient être unis. — Un mariage à l'étranger d'ailleurs était chose facile au besoin pour forcer madame Runières au silence, et les offres d'argent qui pouvaient s'ensuivre apaiseraient aisément ses colères.

Il est de ces décisions pourtant devant lesquelles le plus brave hésite, et si brave que fût Jean, ce n'était pas sans trouble qu'il se voyait acculé dans ses derniers retranchements. Conscient de l'amour de Jeanne, il se sentait novice à l'approche de cet entretien suprême. Par instant, un vieux regain de scepticisme l'assaillait vaguement à cette idée de « déclarer sa flamme », et il se demandait comment il se tirerait d'un tel pas : mais la lettre de lady O'Donor lui revenait à l'esprit. Pour sauver Jeanne plus sûrement de cette haine dont elle n'avait nul soupçon, il fallait qu'elle osât se confier à lui désormais, sachant qu'il lui avait engagé sa vie, et qu'ils luttaient pour leur bonheur commun.

— Allons, se dit-il, mon étoile le veut !

Dès que l'heure fut venue, il partit. Jeanne était matineuse, et souvent avec Yvonne, avant le déjeuner, ils allaient la surprendre pour quelque excursion. Il faisait ce jour-là un délicieux temps, tiédi par la brise de mer qui agitait doucement le feuillage. Sous l'ombre des futaies, les folles herbes, emperlées de rosées, exhalaient ces bonnes senteurs des bois dont la pénétrante fraîcheur semble une source de vie. Les bouvreuils chantaient dans les ramées, où quelque vol furtif semblait dénoncer qu'il y avait aussi là des rendez-vous. Jean, bien qu'il eût un peu la fièvre, se sentait gagner par le charme de cette heure. Il lui montait au cerveau mille souvenirs de son existence passée le cœur vide. Il se demandait si vraiment il avait vécu dans cet état d'orgueil et de folie où il se croyait fort parce qu'il n'aimait rien. Palpitant à la pensée de Jeanne, il éprouvait une sorte de fierté de cette régénération qui lui venait d'elle. — Il aimait ! — Un horizon nouveau s'était élargi tout à coup, lui dévoilant un avenir où le rayonnement de son étoile l'éblouissait. Il avait maintenant une famille, il aurait à son tour une femme, des enfants. Il est si simple ce chemin droit du bonheur !—Eh! quoi? il avait tant compliqué sa vie, tant lutté, pour errer seul et perdu dans le triomphant égoïsme qui le déshéritait de tant de joies ?

Lorsqu'il arriva au mur du petit parc, une inexprimable émotion l'étreignit, un battement de cœur l'oppressa.

— Décidément, se dit-il, c'est bon d'être jeune, et d'aimer !

Et, traversant le jardin, il arriva au Cottage par la porte-fenêtre qui s'ouvrait sur la pelouse. — Comme il montait les marches du perron, ce cri de surprise l'accueillit :

— Tiens, Jean !.. c'est toi ?..

Sous l'ombre de la vérandah, se levant tout à coup d'un fauteuil, il aperçut le baron Sauvageot. — Dans le salon, madame Runières était assise auprès de Jeanne.

Il y eut un moment d'étonnement profond.

— Je comprends, reprit le baron. Lady O'Donor t'a averti en même temps que nous, et tu accours... Ah ! ça, tu étais donc à Paris ?

Madame Runières, plus pénétrante, à cette apparition de Jean entrant ainsi par le jardin, devina qu'il n'arrivait pas de voyage. Son regard, un instant fixé sur lui, se détourna vers Jeanne.

— Tais-toi, dit-elle à son frère, nous savons maintenant le nom que Jeanne refusait de nous dire ; car M. d'Erneau semble être ici chez lui.

A ce mot, qui dans la bouche de cette mère contenait une si singulière injure à l'honneur de sa fille, Jean recouvra soudainement son sang-froid.

— Vous vous trompez, madame, dit-il sèchement ; mademoiselle Jeanne n'est pas de celles que l'on peut suspecter ainsi.

— Allons ! allons ! s'écria le baron conciliant, ce sont là des paroles inutiles !.. Il n'y a ici qu'un malentendu qui, grâce au ciel, sera bientôt dissipé. Jean est de la famille, et son concours ne peut qu'être utile entre nous...

Madame Runières, à la réponse de Jean, avait déjà regretté sa maladresse.

— Tout n'est-il pas pardonné, dit-elle en prenant la main de Jeanne, puisque nous avons retrouvé cette chère folle ? — Méchante enfant, ajouta-t-elle, qui avais douté de moi : comme si ton bonheur n'était pas le seul but de ma vie ?.. Comment as-tu pu me causer un si grand chagrin ?

Jeanne, atterrée, pleurait sans répondre.

— Allons, reprit madame Runières en l'attirant dans ses bras, n'y pensons plus, et essuie bien vite ces vilaines larmes... Ne sais-tu pas combien je t'aime... et que ta volonté sera toujours la mienne ?..

A cette étrange scène de tendresse indulgente dont il n'était point dupe, Jean comprit que Jeanne allait être perdue pour lui. Résister à suivre sa mère, il n'y fallait pas songer, et, gardée désormais par une vigilance en éveil, il ne la verrait plus. Par quels moyens lutter alors contre cette influence hypocrite dont il connaissait les subtilités profondes? Comment surtout la protéger contre les révoltes de tout son être qui l'avaient tant fait souffrir dans la maison de son père depuis qu'elle avait eu l'âge de raison?.. Il voulut du moins tenter de la sauver en tirant parti de l'étrange situation que madame Runières avait plus que personne intérêt à dénouer sans scandale, et, sans s'arrêter à la difficulté de sa tâche, il n'hésita point à déclarer sa formelle intervention.

— Madame votre mère vient sans doute vous chercher, Jeanne, dit-il avec calme; qu'avez-vous décidé?

— Ma fille a pu être égarée, monsieur, répliqua aigrement madame Runières, mais il m'a suffi d'un mot pour que son cœur comprît quel est son devoir !.. Elle revient chez moi dès aujourd'hui.

— Est-ce de votre libre volonté, Jeanne?.. ajouta-t-il sans s'émouvoir.

— Je suis forcée d'obéir, répondit Jeanne faiblement, et j'ai donné ma parole.

— En ce cas, tout est dit!.. Seulement, reprit-il, laissez-nous un instant, je vous en prie, pour que je puisse causer avec madame votre mère.

— Il me reste à vous protéger en posant, moi, des conditions à ce retour.

— Des conditions ?.. s'écria madame Runières avec une indignation superbe, entre ma fille et moi !

— Oh ! vous les trouverez dignes de votre sollicitude de mère, madame, répliqua Jean, et la présence de votre frère vous en est un garant.

Jeanne s'était levée ; Jean la conduisit jusqu'à la porte, revint, prit un fauteuil et s'assit.

— Nous pouvons maintenant parler à cœur ouvert, madame, reprit-il, et puisqu'il faut que mademoiselle Jeanne se soumette, je n'hésiterai plus à assumer la responsabilité d'une action dont j'estimerais superflu de vous expliquer le motif.

— Je serais bien aise pourtant, monsieur, répondit madame Runières avec hauteur, de savoir comment vous prétendriez justifier l'inqualifiable rôle que vous avez joué près de moi, en abusant ainsi d'une confiance que nous vous donnions sans détour.

— L'explication est simple, madame, et vous n'avez jamais eu d'illusions sur ce point. Puisqu'il faut à mon regret l'aborder, ne vous en prenez qu'à vous si je la précise : vous vouliez marier votre fille avec M. Verdier.

Au ton dont furent prononcés ces mots, madame Rumières ne put se défendre d'une légère rougeur.

— Eh! bien, dit-elle avec aplomb, comment trouveriez-vous là, je vous prie, la justification d'un rapt indigne dont le but n'est que trop visible aujourd'hui ?

— Cette justification est dans un mot, madame, répliqua Jean sans s'émouvoir de l'accusation qui le visait : M. Verdier est votre amant !

— Mais vous m'insultez !.. s'écria-t-elle.

— Jean, que dis-tu ? murmura timidement le baron Sauvageot.

— Et j'ajoute que votre fille le savait, reprit d'Erneau froidement.

— Elle! mon enfant !.. Vous avez osé lui suggérer une aussi abominable pensée sur sa mère !

— Oh ! je n'avais rien à lui apprendre, madame, et, croyez-moi, ne l'interrogez jamais sur ce sujet délicat.

— Mais savez-vous bien, monsieur, s'écria madame Runières en proie à une sorte de stupeur, que je pourrais vous demander compte de toutes ces infamies?..

— Je m'en inquiète fort peu, madame, répondit Jean avec calme. Mais cette menace est sans objet, car vous reculeriez devant une pareille imprudence dont le scandale retomberait sur vous. — Parlons donc raison, et faites-moi la grâce d'écouter, sans colère, ce que l'intérêt de mademoiselle Jeanne, et le vôtre surtout, me conseillent de préciser.

— Et à quel titre, monsieur?... demanda madame Runières d'un accent indigné.

— Écoute-le, écoute-le!.. dit le baron Sauvageot comme si cette incroyable scène ne l'eût point surpris.

Madame Runières se renferma dans une attitude hautaine. Jean continua.

— Le mariage que vous aviez résolu, madame, étant désormais impossible, il importe que mademoiselle Jeanne en rentrant chez vous soit protégée contre des obsessions dont elle aurait à

17.

souffrir. Il est évident que vous avez sur elle une
autorité qu'il serait inutile de discuter. Je sais
que non-seulement je n'ai aucun titre pour
la défendre, mais encore que mon intervention
vous donnerait des armes contre elle, après ce
qui s'est passé.

— Je vous sais gré de vouloir bien le reconnaître, répliqua madame Runières.

— Il ne s'ensuit pas, cependant, poursuivit
Jean, qu'il n'y ait pas pour vous un intérêt capital
à éviter tout ce qui pourrait ébruiter cette
affaire. C'est pourquoi je suis sûr que nous nous
entendrons pour régler la situation de mademoiselle Jeanne près de vous jusqu'à sa majorité. Le
baron Sauvageot que voilà est son tuteur et il a
non-seulement le droit, mais encore le devoir de
la protéger, même contre votre tendresse, si cette
tendresse mal comprise la mettait en péril, soit
dans la possession de ses biens, soit dans la
liberté de sa personne... S'il l'oubliait, il y
aurait lieu alors de réclamer judiciairement
l'émancipation de sa pupille... Et je me char-
gerais, moi, de faire convoquer un conseil de
famille, par les quelques parents qui lui restent
du côté de son père.

— Mais tout ce que vous dites là est fou, monsieur ! s'écria madame Runières.

— Oh ! je le sais, madame... Mais vous m'avez trop souvent fait l'honneur de me reconnaître comme un fort grand original, pour vous étonner, je pense, de m'entendre parler ainsi. Je suis d'ailleurs un peu de la famille... ce n'est certes pas mon parrain qui le démentira... J'apporte donc humblement mon avis dans un débat qu'il nous importe à tous de voiler pour le monde. Or, bien que, pendant ces quelques mois passés loin de vous, le caractère de votre fille ait suffisamment mûri pour qu'il n'y ait plus rien à redouter de sa faiblesse, il me paraît nécessaire pourtant de lui continuer l'appui auquel, dans de malheureuses circonstances, elle avait cru devoir se confier.

— Et cet appui c'est vous ?.. dit madame Runières avec un ton d'ironie.

— Précisément, madame ! Et, vous le voyez, je suis entré de plain-pied dans mon emploi, en me chargeant d'emblée d'une explication dont il fallait lui épargner le souci. Je n'ai plus à ajouter qu'un mot que voici. — Le mariage de mademoiselle Jeanne rompu avec M. Verdier, il serait

fort délicat qu'elle se trouvât exposée à le revoir ; car je me trouverais, en ce cas, forcé
d'intervenir en homme auprès de lui... ce qui
pourrait avoir des résultats fâcheux.

Madame Runières écoutait dans un paroxysme
de rage, ses beaux yeux pleins d'éclairs.

— Mais de telles menaces sont odieuses !
s'écria-t-elle.

— Vous vous méprenez étrangement, madame,
reprit Jean. Je parle en ami de mademoiselle
Jeanne, et, dans cet entretien, je n'ai d'autre but
que d'assurer son repos en vous faisant connaître que je suis là.

— Ainsi, reprit madame Runières, vous voulez bien me déclarer que je vous subirai désormais entre ma fille et moi, monsieur. — Eh ! bien,
c'est ce que nous verrons !

Et se levant avec un air de hautaine ironie :

— Vous permettez, je suppose, ajouta-t-elle, que
je rejoigne votre protégée pour hâter son départ.

Jean s'inclina, sur ces mots, elle sortit.

Le baron Sauvageot, les yeux écarquillés, avait
assisté à ce singulier conflit comme si la crainte
l'eût rendu muet. Dès qu'il se vit seul avec son
filleul :

— Ah! çà, qu'est-ce que tout cela veut dire ?.. demanda-t-il. C'était donc toi qui avais enlevé Jeanne ?..

— J'aurais quelque peine à vous le cacher maintenant, répondit Jean, qui ne put s'empêcher de sourire malgré sa tristesse.

— Mais tu voulais donc l'épouser ?.. Pourquoi ne l'as-tu pas dit... quand tu savais que c'était mon rêve ?

— Tout cela serait trop compliqué pour l'instant, reprit Jean. Qu'il vous suffise de savoir que ce que je ne voulais pas alors, je le veux aujourd'hui.

— Mais, malheureux, tu viens de tout perdre !.. Elle ne te pardonnera jamais ce que tu as osé lui dire.

— Eh! bien, vous êtes l'oncle de Jeanne, vous m'aiderez!

Madame Runières reparut annonçant à son frère que tout était prêt: Jeanne la suivait froide et résignée.

— Adieu, Jean, dit-elle en lui tendant hardiment la main. Je vous reverrai, n'est-ce pas?

— Comptez sur moi! répondit-il simplement.

Elle le remercia d'un sourire grave qui attestait

la foi qu'elle avait en lui; puis, prenant une
fleur d'un bouquet que Jacqueline avait apporté
la veille, et tournant son regard dans la direction de la Chaumière :

— J'écrirai, ajouta-t-elle tout bas.

La voiture était prête devant le perron.
Miss Clifford, chargée de menus bagages, attendait
éplorée. Jean comprit que Jeanne avait exigé
qu'elle restât auprès d'elle.

XXV.

Le sort a de ces coups qui frappent si brutalement que ce n'est qu'après réflexion qu'on
en apprécie le désastre. Jean suivit longtemps
des yeux la voiture qui s'éloignait. Lorsqu'elle
eut disparu au détour du chemin, il rentra dans
le Cottage, parcourut le salon désert et tomba
sur un divan, accablé, dans un si affreux déchirement de cœur qu'il lui sembla que tout se brisait
en lui. — Jeanne était partie. — En sondant sa
douleur il découvrait pour la première fois la
profondeur de cet amour qui le tenait par toutes
les fibres de son être. Il sentait cette fois que sa
vie n'avait plus d'autre attache que ce bonheur
entrevu sans lequel tout s'écroulait autour de
lui. — Mais il est des natures dont la trempe se

resserre à l'épreuve de la souffrance. Il recouvra bientôt la perception nette de l'événement qui le frappait. Bien que rentrée sous l'autorité de sa mère, il savait Jeanne désormais à l'abri d'un violence à sa raison. Armé de cette volonté dont il avait éprouvé l'implacable énergie, il était là d'ailleurs pour la défendre ou pour la sauver. — Quoi ! il aimait !.. sa vie avait un but !... Et il s'amollissait lâchement devant un stupide obstacle qui se dressait entre elle et lui !

Il revint à la Chaumière. La nouvelle qu'il apportait consterna les Derneau. Pour apaiser la désolation d'Yvonne, il fallut inventer une arrivée subite à Cardec du tuteur de Jeanne, ce qui était à peu près vrai, et la nécessité immédiate d'un voyage qui la retiendrait quelques semaines à Paris. L'assurance qu'elle recevrait bientôt une lettre ne calma qu'à demi son chagrin de n'avoir pu lui dire adieu. Ce fut une journée triste, et l'absence de Paul, appelé à Pont-l'Abbé le matin, y ajoutait un regret pour la pauvre fillette. Le soir même, Jean faisait ses apprêts pour partir le lendemain. Il ne doutait pas que, malgré la saison, selon toute probabilité, madame Runières ne rentrât sans retard à Paris avec Jeanne pour faire cesser tout propos. Il importait d'ailleurs de surveiller lady O'Donor et d'en finir avec une menace dont il ne se dissimulait plus la gravité.

La vie a cela d'étrange que l'homme n'y est qu'un jouet des passions qui le mènent. Jean n'en était certes plus à s'étonner de rien ; cependant ce fut avec quelque surprise que, de retour à Paris, il se vit seul dans son hôtel, au milieu de ses souvenirs. Accoutumé au *self—government* de son cœur qui ne l'avait jamais beaucoup troublé, il avait passé là des jours dont il retrouvait la trace si pâlie qu'il lui semblait avoir vécu des années, pendant ce dernier séjour à Cardec qui n'avait guère duré plus d'un mois. Une bizarre impression d'isolement le saisit comme s'il fût rentré en étranger dans sa maison déserte, où il cherchait en vain le sceptique d'autrefois. Le bonheur familial de la Chaumière lui manquait.

Son premier soin fut d'appeler le baron Sauvageot pour avoir des nouvelles de Jeanne. Comme il l'avait prévu, madame Runières était revenue s'installer au plus tôt dans son hôtel.

— Ah ! ça, voyons, dit le parrain en essayant

de prendre un air de dignité froide, j'espère que
tu vas à présent m'expliquer ta conduite en
toute cette affaire, et ce qui est arrivé depuis
cet enlèvement.

— Votre nièce ne vous a-t-elle rien dit ?..

— Elle est muette, même avec moi, sur tout
cela.

Jean comprit que Jeanne, par réserve, avait
gardé le silence sur les Derneau de peur de
compromettre leur attachement pour elle. A
l'aise pour ce qui ne touchait que lui, il raconta
sans détour toutes les circonstances de cet étrange
roman, la démarche de Jeanne à la veille du
mariage odieux auquel on la voulait contraindre,
leur fuite à Meudon, et ce séjour au Cottage
pendant lequel il s'était épris.

— Elle t'aime alors, reprit le baron, et vous
êtes engagés ?

— Jamais un mot de moi n'a compromis le
devoir de protection que j'exerçais près d'elle ;
mais j'ai lieu de croire que notre avenir est
résolu dans sa pensée comme dans la mienne.

— Tout cela est un beau gâchis !... Car tu ne
supposes pas, j'imagine, que sa mère va cou-
ronner ta flamme, après ce qui s'est passé entre

vous, ni même qu'elle te rouvre jamais-sa maison.

— Aussi ai-je compté sur vous pour m'aider à me concerter avec Jeanne en attendant le jour de sa majorité. Vous êtes son oncle, et je ne suppose pas non plus que vous vous hasardiez à devenir complice de projets de captation dont on a déjà beaucoup trop parlé.

Le baron Sauvageot n'avait pas la conscience tout à fait nette, et rien ne pouvait être plus sensible à sa vanité que cette menace de l'opinion du monde. Jean n'eut pas de peine à l'en effrayer.

— Hé! tu sais bien que je n'ai qu'un désir, c'est de te reconnaître comme...

— Comme votre neveu! interrompit Jean.

Il n'est rien de tel que les poltrons contraints de se montrer braves. Il fut convenu qu'à quelques jours de là, le baron ménagerait chez lui une rencontre avec Jeanne, après quoi, le mariage décidé sous son égide de tuteur, on aviserait plus tard à des propositions conciliantes qu'il était aisé de faire trop belles à madame Runières pour qu'elle ne s'empressât point de les accepter.

Réconforté par l'espoir, Jean se prit à songer à

lady O'Donor. Il importait de se rendre libre, en évitant un esclandre plus que jamais à redouter.

Lady Maud n'était pas à Paris. A son hôtel ses gens ne savaient rien d'elle, sinon qu'elle était en voyage. Ce mystère l'inquiéta.

Cependant un mot de Jeanne rasséréna son esprit en le rassurant sur sa situation nouvelle. « Sa mère agissait comme si rien ne fût survenu et semblait n'avoir plus d'autre soin que de l'accabler de ses tendresses ou de satisfaire ses désirs. » — Mais des regrets de Cardec et des jours d'affection passés palpitaient dans cette lettre. « Ami, disait-elle, j'ai laissé mon âme au Cottage. »

Ce mot fut pour Jean comme un rayon dans la nuit. Comment douter ou craindre de misérables obstacles, en cette lutte dont l'enjeu était leur bonheur commun ? La volonté impuissante de madame Runières ne pouvait plus rien. M. Verdier était à Deauville, exil prudent qui semblait devoir durer. — Qu'importait une séparation de quelques mois, s'il leur fallait la subir, lorsque leur avenir serait résolu ?

XXVI

Cinq ou six jours s'étaient écoulés, quand, un matin, Jean reçut une seconde lettre de Jeanne contenant ces simples mots :

« Aujourd'hui j'irai au bois avec Clifford... A quatre heures, si vous venez dans l'avenue qui borde le parc de la Muette, vous nous trouverez. »

A l'étreinte de joie qui le saisit, au battement de cœur qu'il ressentit, il lui sembla naître à la première émotion de la vie. Quel changement! Quels espoirs et quelles félicités il avait ignorés ?.. Plein de son ivresse, il se mit à dévorer en pensée les heures qui le séparaient encore de ce rendez-vous inattendu, après lequel Jeanne allait être sa fiancée... A ce moment son valet de chambre parut et lui présenta une carte sur un plateau. Il lut : « Marius Derneau. »

— Faites entrer ! dit-il vivement.

Et, ravi de cette heureuse surprise, il courut au-devant du Provençal et se jeta dans ses bras.

— Quoi ! c'est vous, mon père ! s'écria-t-il.

A ce mot, qui pour la première fois s'échappait de ses lèvres, à ce mouvement d'effusion, Marius Derneau le tint un moment embrassé. On eût dit que d'instinct, et délivrés tout à coup de cette étrange nécessité du secret qu'ils subissaient à la Chaumière, leurs deux cœurs oppressés débordaient à la fois dans un élan trop longtemps comprimé.

— Cher, cher enfant, dit Marius attendri.

— Me restez-vous longtemps ?..

— Je ne sais.

— En tous cas, je vous garde, répliqua Jean tout joyeux, car vous ne pouviez m'arriver un plus beau jour.

Et, sur-le-champ, ses ordres donnés, l'installation fut bientôt faite. Lorsqu'ils se retrouvèrent seuls :

— Et mes frères et ma sœur, et... ma mère ? demanda Jean, le cœur plein de ces mots qu'il osait maintenant prononcer.

Marius satisfit à toutes ces questions. Au bout d'un instant, Jean crut pourtant remarquer en lui un air soucieux ; il supposa que quelque fâcheux incident d'affaires l'amenait à Paris.

— Vous savez qu'en toute chose vous pouvez compter sur moi comme vous compteriez sur Paul, lui dit-il de ce ton de franchise sérieuse qui n'admet pas de réserves.

— Je le sais, Jean, répondit Marius. Aussi suis-je venu tout droit sans m'annoncer.

— Vous avez eu des nouvelles de Jeanne...

— Oui, elle a écrit à Yvonne, puis à ma femme, nous savons que la pauvre enfant nous regrette. — As-tu pu la revoir ?

— Non, mais vous ne sauriez mieux tomber... Aujourd'hui même j'ai un rendez-vous avec elle.

— Et sa mère ?..

— Oh ! de salutaires réflexions lui sont venues depuis le certain entretien que nous avons eu à Cardec. Elle a compris que, après ce qui s'est passé, elle n'a plus d'espoir de violenter Jeanne. Aussi la traite-t-elle avec la tendresse avisée d'une mère qui prévoit qu'elle aura bientôt à répondre de sa tutelle.

— Et tu crois qu'elle est disposée maintenant à la laisser se marier selon son cœur?

— Oh! il y aura bien quelques difficultés, quelques rudes ressentiments à vaincre,… surtout pour le mariage qui va lui être proposé, ajouta Jean avec un sourire; mais ce terrible jour de la majorité, qui rendra Jeanne maîtresse de ses biens et libre d'elle-même, doit luire dans cinq ou six mois…

— Quoi! s'écria Marius étonné, il serait question d'un mariage?

— Oui, reprit Jean en souriant. — Voyons, regardez-moi, cher père. Ne remarquez-vous pas en votre fils quelque chose de rayonnant, de fier et d'ému, comme à l'approche d'un grand événement?

— Que veux-tu dire?

— Je veux dire que, à quatre heures, je verrai Jeanne, que, de concert avec son tuteur, à défaut de sa mère, nous allons décider de notre vie, et que, quand je vous reviendrai, c'est un consentement que je vous demanderai.

En l'écoutant, Marius semblait atterré.

— Mon Dieu! dit-il, malgré tes protestations tant de fois répétées que tu n'avais pour elle que l'affection d'un ami, est-ce que vraiment tu l'aimes ?

— Si je l'aime ?... s'écria Jean radieux, mais je ne vis plus que par l'espoir certain qu'elle sera ma femme !.. Me voici loin, vous le voyez, du temps jadis... Oh ! le sceptique est bien mort, je vous le jure, et, cette fois, je ne renie plus mon cœur.

— Mon Dieu ! répéta Marius, il nous manquait ce malheur !

Au ton dont il prononça ces mots, Jean comprit qu'il était survenu à la Chaumière quelque douloureux événement. — Il se rappela cet entretien avec Paul, l'avant-veille de son départ. La pensée lui vint que le voyage de Marius à Paris avait l'amour du pauvre garçon pour objet.

— Voyons, lui dit-il ému, il s'est passé quelque chose là-bas que vous veniez sans doute me dire.

— Oui, dit Marius en le regardant dans les yeux, et ce que tu m'apprends de ta passion pour Jeanne me cause une bien grande peine.

— Paul l'aimait, n'est-ce pas ?.. reprit Jean.

Marius ne répondit que par un signe de tête où se devinait l'accablement.

— Ah ! c'est affreux ! murmura Jean. Et moi,

qui vous racontais mon bonheur! ajouta-t-il en lui prenant la main.

Marius le considéra un instant, anxieux, hésitant, comme s'il n'eût pas tout dit; puis enfin, avec un effort, il reprit tristement:

— Il nous faut bien du courage, mon cher Jean, car il y a là, en vérité, une fatalité effrayante.

— Mais qu'est-il donc arrivé? dit Jean. Parlez, je vous en prie, comme un homme de cœur à un homme de cœur. Vous me connaissez assez, je l'espère, pour savoir que je suis digne de partager votre peine.

— Tu le veux, reprit Marius... Eh! bien, lis ce que Jeanne a écrit à Yvonne.

En parlant ainsi, il lui tendit une lettre ouverte. Jean la prit et lut ces lignes dont l'écriture était tracée à la hâte:

« On m'a amenée à Paris, où j'arrive. On m'arrache à ma vie, à mon bonheur, à vous tous! Mon premier cri est pour toi, chère Yvonne, pour toi et pour lui. Je m'épouvante de sa douleur plus encore que de la mienne. — Yvonne, je te relève de ton serment. Dis à Paul que je sais son amour, qu'il n'osait confier qu'à toi... Dis-lui que je l'aime, que mon cœur et mon âme sont à lui... »

En lisant ces mots, Jean ressentit un choc si cruel, et il devint si pâle que Marius le saisit dans ses bras.

— Mon pauvre enfant! dit-il.

Il est de ces éclats de foudre qui terrassent les plus stoïques. Jean, surpris en plein rêve, demeura un instant comme écrasé sous son désastre. Il regardait cette lettre de Jeanne qui venait de briser sa vie. Enfin, relevant la tête, il se tourna vers Marius, qui n'osait parler, et, comme si dans cette heure de désespoir le cri de son cœur lui fût monté aux lèvres :

— Mon père, dit-il, cette famille ne nous est pas heureuse !

— Mon pauvre enfant! répéta Marius, me pardonneras-tu le mal que je te fais?

— Je comprends tout maintenant, reprit Jean accablé, et le désespoir du malheureux enfant, quand il ne l'aura plus retrouvée à son retour. La mère et vous, vous avez dû bien souffrir, n'est-ce pas ?

— Hélas! c'est toi qu'il faut plaindre! dit Marius. Je ne m'attendais pas à ce nouveau chagrin.

— Bah ! dit Jean avec amertume, j'en ai vu bien d'autres. Ça sèchera !.. Seulement c'est dur.

Marius le regardait, effrayé de cette impassi-
bilité sombre. Mais Jean la secoua bientôt.

— Eh bien ! il s'agit maintenant de nous
occuper de Paul, reprit-il d'un ton délibéré qui
contrastait avec sa pâleur... Il faut tâcher de
sauver du moins celui-là. Le baron Sauvageot
nous aidera. Je l'attends ce matin... Je pense que,
depuis le temps écoulé, il vous est bien égal de
le revoir... Il vous a rendu un fier service, après
tout, en vous forçant à quitter ma mère ! Et ce
n'est pas lui, je le suppose, qui regardera de trop
près à l'état civil de mon frère pour en faire un
obstacle.

Il y avait dans ce cynisme une si poignante
douleur cachée, que l'on eût dit que l'infortuné
voulait s'en repaitre pour mourir sur le coup.

— Jean, murmura Marius, tu souffres trop,
tais-toi !

— N'y faites pas attention, j'ai besoin d'exhaler
mes peines de cœur, reprit Jean avec un étrange
sourire.

A ce moment son valet de chambre venait
annoncer le baron Sauvageot.

— Eh ! bien, qu'il entre, répondit Jean.

Presque aussitôt, le baron parut. A la vue

d'un étranger en conférence avec son filleul, il s'arrêta sur le seuil.

— Ah ! pardon, je te dérange peut-être, dit-il.

— Non, non, au contraire, répliqua Jean, nous vous attendions pour vous faire une surprise.

Le baron s'inclina en souriant devant Marius, qui lui rendit son salut ; puis, avec l'aisance d'un familier de la maison, il s'installa carrément dans un fauteuil.

— Voyons, de quoi s'agit-il ? demanda-t-il gaiement.

— Tout d'abord, reprit Jean, laissez-moi vous présenter à un de vos anciens amis, que vous ne reconnaissez certainement pas.

— En effet, dit le parrain. Je cherche...

— M. Marius Derneau, mon père, articula Jean.

A ce nom, le baron reçut une secousse si violente qu'il en perdit un instant le souffle, comme ressaisi tout à coup par l'épouvantable terreur qu'il avait ressentie aux Olivets, à leur dernière rencontre. Le changement survenu dans son ancien fermier, cet air d'assurance calme d'un homme qui semblait son égal, tout cela le consternait.

18.

— Quoi ! bégaya-t-il, c'est toi, c'est... vous ?

Mais comprenant à l'attitude de Marius que le temps avait amené l'oubli, il se remit d'une aussi poignante alerte. La reconnaissance faite, et quelques mots enfin ayant dissipé les dernières craintes du baron, Jean reprit la parole, et du même ton fiévreux :

— Mon père est à Paris pour une affaire qui vous touche, dit-il : il vient vous demander la main de Jeanne pour son fils, pour mon frère.

— Pour ton frère ! s'écria le baron, que signifie?..

— Cela signifie que mon père s'est refait une famille, qu'il possède une fortune auprès de laquelle la vôtre est celle d'un pauvre, que c'est chez lui que pendant ces quelques mois Jeanne a trouvé protection, que j'ai fait un rêve insensé, qu'elle aime mon frère... et que je la lui donne !

Le pauvre baron l'écoutait stupéfié.

— Mais c'est impossible ! dit-il timidement, tu sais bien que madame Runières a des idées...

— Oh ! ne faites pas de modestie interrompit Jean, mon père a assez de considération pour couvrir ce qu'il en manque du côté de votre sœur... Il est même assez fier pour prendre Jeanne sans dot...

— Je préférerais même cela, ajouta Marius tranquillement.

— En ce cas, reprit Jean acerbe, c'est marché conclu!.. Le baron connaît trop bien sa famille pour ne pas vous dire tout de suite que nous pouvons publier les bans, et qu'il n'a qu'à courir chez sa sœur pour rapporter son consentement.

— Jean !.. dit Marius effrayé d'un si brutal langage, prends garde !

— Bah ! laissez, s'écria Jean, je sais comment il faut parler à ce monde-là !

Le baron Césaire Sauvageot semblait ahuri. Au ton âpre de Jean, il devinait l'égarement d'un désespoir affreux, une agonie de son âme d'autant plus effrayante qu'il étouffait le cri de sa plainte. Écrasé par des souvenirs que ravivait la présence de Marius, et n'osant protester :

— Je verrai ma sœur, dit-il, et, si je puis....

— Voyez-la à l'instant, reprit Jean. Seulement, pour qu'il y ait quelque chose d'honnête de son chef, qui la rende digne de nous, dites-lui que nous mettons pour condition qu'elle épousera son amant M. Verdier.

— Tu as été cruel, Jean, et tu nous as trop vengés, dit Marius après le départ du baron.

XXVII

Les péripéties qui avaient fondu sur Jean d'Erneau l'avaient trop soudainement frappé pour que sa rude nature ne s'exhalât point en cris de détresse et de rage. Tombé des hauteurs de son ciel, lorsqu'il put recueillir son sang-froid, il se sentit pris d'un sentiment d'épouvante. — Jeanne ne l'aimait pas ! — Et elle aimait son frère ! — Il n'était pas jusqu'à cette fatalité qui ne s'abattît sur sa tête. — A la pensée de son immolation déjà accomplie, il se demandait ce qu'il allait maintenant advenir de lui, dans ce monde vide, où il se retrouvait seul, debout, au milieu des ruines de ce bonheur à peine entrevu, et qu'il avait si longtemps dédaigné. Si dur qu'il fût à lui-même, il se sentait féru jusqu'à l'âme. Subirait-il les

affres de sa souffrance, en traînant stupidement
ses jours dans une existence désormais sans espoir
et sans but ?.. Estimant que la vie ne vaut que ce
qu'elle donne, et trop solidement trempé pour
être embarrassé d'un bagage de scrupules, il se
dit enfin qu'il aurait toujours le suprême recours
ouvert à tout homme énergique qui veut rejeter
le fardeau du désespoir.

Cependant, il se rappela son rendez-vous avec
Jeanne. Il eut un instant l'idée de se dérober à
cette épreuve ; dans l'amertume de sa douleur il
voulut s'imposer ce dernier calice. Rassurant son
père effrayé de son calme :

— Ne faut-il pas que je lui annonce son bonheur ?.. dit-il.

Et il partit. Comme il entrait dans l'allée de la
Muette, il aperçut Jeanne marchant avec miss
Clifford ; il éprouva un déchirement si cruel
qu'il crut un moment défaillir. D'un effort de
volonté il se remit, et laissant sa voiture, il la
rejoignit.

Dès quelle le vit, elle eut un cri de joie et accourut à lui les mains tendues avec effusion ;
mais, presque aussitôt, frappée de l'altération de
son visage :

— Mon Dieu ! que vous êtes pâle ! s'écria-t-elle d'une voix émue. Jean, mon ami, qu'avez-vous ? Qu'est-il arrivé ?

— Rien ! dit-il avec un sourire... J'ai été un peu souffrant, voilà tout.

Il comprit qu'elle ignorait encore la présence de Marius à Paris, et qu'il allait être contraint d'aborder lui-même le sujet accablant qui le tuait.

— Après quelques mots pour apaiser ses inquiétudes, suivis de miss Clifford, ils prirent une allée écartée, s'engageant dans les taillis.

— Hélas ! dit-elle au souvenir de leurs excursions passées, ce n'est plus Cardec !

— Vous le regrettez ?

— Ah ! répondit-elle avec un soupir, j'y ai laissé ma vie ! — Mais parlez-moi, ajouta-t-elle comme rejetant une triste pensée. Racontez-moi tout de vous... J'ai moi-même tant de choses à vous dire ! — Avez-vous de leurs nouvelles ?

— Oui, et précisément de ce matin ! — Eux aussi, ils vous regrettent. — Mais ce dont il nous importe de causer, c'est de vous, de votre retour chez votre mère...

— Oh ! tout est changé ! répondit-elle avec un sourire amer. Je ne crains plus rien, et je suis accablée de prévenances... Vous le voyez, je suis libre... même de vous recevoir chez moi, si je le veux ! Cela dépendra de ce que vous déciderez.

A ce mot d'abandon qui, la veille encore, l'eût fait tressaillir de joie, Jean eut un si horrible serrement de cœur qu'il put à peine dissimuler sa souffrance.

— Moi, je vais partir, ma chère Jeanne, dit-il.

— Partir ?.. s'écria-t-elle avec chagrin.

— Oui. — Vous savez qu'il y a longtemps que je remets ce voyage. C'est pourquoi j'ai voulu vous voir, afin de ne point vous quitter sans savoir de vous ce qu'il me reste à faire pour votre bonheur. A votre tour, parlez donc des choses que vous avez à me confier.

Au ton de cette question, où elle devina sans doute un reproche, elle comprit qu'il savait tout.

— Eh ! bien, chère Jeanne, reprit-il en assurant sa voix et remarquant qu'elle hésitait, ne voyez-vous pas que je sais votre secret?

— Ah ! Jean, dit-elle en rougissant, ne m'accusez pas de m'être tue... Il y a si longtemps que je voulais vous ouvrir mon cœur ! Mais après l'erreur que j'avais subie, comment oser vous confier ce qui me semblait si confus à moi-même ? J'étais si près d'une indigne déception que je tremblais devant votre sagesse. Je comprenais que jusqu'alors une fatale illusion avait abusé mon imagination folle, et que j'aimais cette fois avec toute mon âme... Oh ! il l'ignorait, je vous le jure !

— C'était là ce grand mystère avec Yvonne. — Dix fois, vous l'avez vu, démêlant dans vos paroles si bonnes et si tendres avec moi, que vous l'aviez pénétré, nous avons été sur le point de tout vous dire. Mais, en m'imposant cette épreuve, je voulais vous donner un gage de ma raison, afin de pouvoir vous convaincre un jour que, cette fois du moins, en faisant appel à votre affection, je remettais en vos mains le bonheur de ma vie.

Tandis qu'elle parlait, Jean voyait s'écrouler les derniers vestiges de ses tristes espérances. Il comprenait maintenant l'étrange aberration dont il s'était si longtemps leurré... Il rassembla tout son courage.

— M. Derneau est à Paris, dit-il.

— M. Derneau ?.. s'écria-t-elle comme effrayée de quelque malheur.

— Oh ! rassurez-vous ! reprit Jean en s'efforçant de sourire, sa venue est pour vous au contraire une joie.

Il lui raconta alors en quelques mots l'entrevue de Marius et de son oncle, et la démarche qui, à cette heure sans doute, avait été faite auprès de sa mère.

— Mon Dieu ! dit-elle émerveillée. Mais, Jean, mon ami, je vous devrai donc tout !

Une demi-heure plus tard, Jean entrait chez le baron Sauvageot, pour lui demander compte de sa mission auprès de madame Runières.

Comme il était à prévoir, le baron, revenu du désarroi où l'avait jeté le matin la rencontre de Marius, essaya d'un air digne quelques observations sur la gravité d'une résolution, en présence surtout d'une demande aussi précipitée. « Le devoir d'une mère était d'examiner les convenances de famille et de monde, avant de décider l'avenir de Jeanne...

— Prenez garde, mon cher parrain !.. Cette famille, c'est la mienne ! dit Jean d'un ton sec.

— Sans doute, sans doute ! répartit le baron moins bravement ; mais enfin... ce jeune homme...

— C'est mon frère, ne l'oubliez pas, je vous prie !

19

— Sans doute, sans doute ! répéta le parrain ; pourtant tu conviendras que ce jeune homme nous étant inconnu...

— Je conviens que M. Verdier était certainement beaucoup mieux connu de madame votre sœur et de vous, mon cher baron ; mais vous conviendrez, à votre tour, que les mères n'ont point toutes de telles prévoyances de tendresses pour leurs filles.

A ce coup droit cruel, le pauvre baron demeura désarçonné.

— Allons au fait ! reprit Jean. Vous avez suffisamment combattu pour l'honneur. — Quelles sont les conditions de madame Runières?

— Elle demande jusqu'à demain pour consulter son notaire, répondit naïvement le baron.

— C'est marché conclu, alors ! — En tout cas, pour aider ses hésitations de mère, dites-lui que, dans trois jours, si son consentement n'était point signé, j'aurais alors recours à mon fameux conseil de famille, à cet effet d'examiner l'usage qu'elle a tenté de faire de sa tutelle.

En quittant le baron Sauvageot, Jean revint chez lui, où son père l'attendait anxieux.

— Vous pouvez écrire à Paul que Jeanne lui est accordée ! dit-il en entrant.

A ce dernier mot de son sacrifice, Marius n'osa répondre ; il le considérait, devinant sur ses traits l'effort de son impitoyable résignation.

— Eh bien ! réjouissons-nous! reprit Jean.

— Ah ! tais-toi, je t'en prie, mon pauvre enfant, dit Marius, tu souffres horriblement ! Dans cet affreux chagrin que me cause ta peine, laisse-moi du moins le courage de te consoler.

— Bah ! s'écria Jean, c'est l'affaire de quelques jours ! — Je ne suis pas le premier fou qu'une fille ait brusquement réveillé d'un beau songe... Vous avez été bien autrement frappé, vous, et vous voilà !.. L'important, c'est que Paul et Jeanne ignorent toujours ma folie !.. Voilà encore un second secret entre nous.

XXVIII

Les négociations entamées, dès le lendemain, entre Marius et madame Runières avaient d'avance un résultat prévu. Trois jours après, Paul accourut à Paris, et Jean le présenta lui-même à la mère de Jeanne, qui se déclara ravie d'acquérir un pareil gendre. Les bans furent aussitôt publiés.

En ce courant de bonheur, pourtant, le pauvre Marius observait Jean dévoré par une fièvre d'activité joyeuse dans laquelle il semblait vouloir s'étourdir; mais il fut bientôt rassuré par la franche et tendre amitié qu'il le voyait prodiguer à son frère. Il se disait enfin que, comme lui-même autrefois, son énergique résolution le sauverait.

Sur ces entrefaites, Jean, qui ne s'était plus

occupé de lady O'Donor, reçut d'elle, un jour, une lettre désespérée. Épouvantée d'une action que la nouvelle du mariage de Jeanne lui faisait apparaître comme une horrible et inutile perfidie, elle implorait son pardon, le suppliant de lui accorder une entrevue. Il ne lui répondit pas.

— Pauvre Maud! se dit-il.

Trois semaines plus tard, le mariage de Jeanne et de Paul Derneau se célébrait à Saint-Philippe-du-Roule. Yvonne, radieuse, était demoiselle d'honneur. Jean, témoin de son frère, semblait si ravi de ce bonheur qui était son œuvre que Marius ne doutait plus qu'un effort de sa solide raison n'eût apaisé déjà le regret de ses espérances d'un jour. Au sortir de l'église, les jeunes époux partaient pour Cardec, bénis par madame Runières, qu'un douaire de cent mille livres de rente et l'usufruit de l'hôtel du parc Monceaux aidaient à se consoler d'une séparation cruelle.

— Frère, dit Paul, nous t'attendons bientôt, n'est-ce pas?

— Je vais chasser en Écosse, répondit Jean en l'embrassant; dans un mois, je vous annoncerai mon retour.

Demeuré sur les marches du parvis, il regarda

la foule qui s'écoulait, saluant çà et là gaiement quelques amis. Quand il se vit seul :

— Allons, dit-il, la pièce est jouée!

Et, faisant signe à son cocher, il monta dans son coupé en jetant ces mots :

— A l'hôtel O'Donor !

En moins de cinq minutes, il fut arrivé. Le suisse, en le reconnaissant, quitta précipitamment sa loge pour le précéder jusqu'au perron. Sur la cour, toutes les fenêtres étaient closes comme dans une maison déserte. Jean comprit que des ordres étaient donnés pour faire croire que lady O'Donor était toujours absente.

— Pauvre Maud, se dit-il encore.

Dès qu'il parut, un valet s'empressa de courir l'annoncer, tandis qu'un autre le conduisait, à travers les salons, jusqu'au boudoir retiré où se tenait sa maîtresse.

Lady O'Donor, assise près d'une fenêtre, était si pâle et si émue qu'elle ne put se lever. Touché d'un si grand trouble, il s'approcha en lui tendant la main pour la rassurer sur sa venue.

— Eh ! bien, c'est moi, ma chère Maud, dit-il en souriant. L'ancien ami vous fait-il si grand'peur ?..

En entendant ce mot de pardon, avec un geste

d'ineffable reconnaissance, elle prit vivement sa main qu'elle serra sur son cœur. Puis levant les yeux sur lui :

— Ah! pauvre Jean, s'écria-t-elle d'une voix brisée, comme vous aussi vous avez souffert!

— Bah! l'estomac un peu délabré... quelques ennuis d'affaires, et ce lourd été presque torride! Un petit tour dans le Nord remettra tout cela!.. — Mais, parlons de vous, que je croyais à Côme sous vos beaux ombrages, ajouta-t-il : comment êtes-vous ici dans cette solitude bizarre, à votre âge, et avec vos goûts champêtres?..

A ce ton étrange, après ce qui s'était passé entre eux, elle le regarda presque effarée, et ses yeux dans les siens.

—Jean, tu veux te tuer! dit-elle, s'oubliant en ce langage d'autrefois, comme s'il se fût échappé malgré elle du plus profond de son cœur.

— Quelle folie, ma chère! s'écria-t-il, partant d'un éclat de rire. D'où diantre peut vous poindre cette idée fantaisiste?.. Ai-je, ma foi, la mine ténébreuse d'un Werther ou d'un Roméo d'opéra?.. Je pars demain pour la chasse aux grouses!

— Jean, tu veux te tuer! répéta-t-elle. — Tu pars pour cacher ton horrible projet, de peur de laisser à Jeanne et à ceux qui t'aiment la pensée que tu meurs de ton sacrifice et de ton désespoir.

— Eh bien, soit! ajouta-t-elle, je t'aiderai à les mieux tromper... Emmène-moi, le même malheur nous frappera tous deux. Ce sera mon pardon!

Si bronzé qu'il se crût, à cette conclusion que lady O'Donor articula avec un accent si simple et si résolu, Jean ne put se défendre d'un mouvement.

— Allons, tu es une bonne créature, ma petite Maud! dit-il en lui tendant la main, et je veux bien que le diable m'emporte si, malgré tes idées folles, je ne voudrais pas faire quelque chose pour toi!

— Donne-moi trois mois de ta vie, répondit-elle, et je te jure après ce temps de te laisser libre.

— Encore? reprit-il en riant. Mais, alors, c'est une réconciliation... que tu m'offres pour suicide!...

— Oui! Pourquoi ne me pardonnerais-tu pas?

— En ce cas, nous avons joué la fable des deux pigeons! ajouta-t-il en l'attirant dans ses bras.

Le lendemain, lady O'Donor et Jean partaient pour Côme, et, quelques semaines plus tard, le bruit d'un projet de mariage entre eux fut presque officiellement répandu à Paris. Paul et

Jeanne en eurent la première nouvelle, avec la promesse que les noces se feraient en grande pompe à Cardec.

Jean, tout au bonheur de ses fiançailles, ne s'était jamais montré si brillant, et les jours à la villa n'étaient que fêtes, quand, un matin, comme il revenait avec quelques amis de chasser dans la montagne, se trouvant à un moment séparé de leur groupe, il voulut les rejoindre par un passage étroit dominant un abime. — Soit qu'il n'entendît point les cris du guide, ou qu'il comptât trop sur son sang-froid, il s'engagea sur la crête et touchait presque au but, lorsque le pied lui glissa.

Son corps ne fut retrouvé que deux jours plus tard.

— Ainsi finit l'Étoile de Jean.

FIN.